凱信企管

用對的方法充實自己，
讓人生變得更美好！

凱信企管

用對的方法充實自己，
讓人生變得更美好！

一次破解
英文陷阱

Commonly misused
English
words and phrases

易混淆
英語

從單字到文法，不誤用、不失分，
打造精準英語力！

500 組重要英文用法＋ 500 題溫故知新練習，帶你快速正確辨識陷阱！

STEP ❶

利用測驗，自我檢視

觀念是清楚正確還是模稜兩可？這一次不要再似是而非了。先進入「例句試題」來檢測觀念的正確性，除能澈底掌握學習狀態，更能全面性的理解應用。

> **Q 去臺北的客運票價是多少？**
>
> 1. What's the bus **fee** to Taipei?
> 2. What's the bus **fare** to Taipei?

> **Q 你願意來「參加」今晚的會議嗎？**
>
> 1. Would you like to **attend to** the meeting tonight?
> 2. Would you like to **attend** the meeting tonight?

STEP ❷

解析助攻，觀念再精進

利用簡單白話、一看就懂的「精關解析」破解混淆關鍵，每一篇一針見血的說明，直接點出學習迷思，正確觀念將能清晰詳記不忘記。

> **▽ 精關解析，別再誤用！**
>
> 一般而言，關係代名詞 which 或 who 可以用 th
> 有介系詞，則不可以。本句中的形容詞子句中有
> 用 that，必須保持用 which。另外 the room in v
> This is where the woman committed suicide.（這

> **▽ 精關解析，別再誤用！**
>
> consider 和 think 都有「考慮或認為」的意思。但是 think更深入且全面的「思索、細想」，甚至可以表示「想、認為」，則通常用 think 即可。

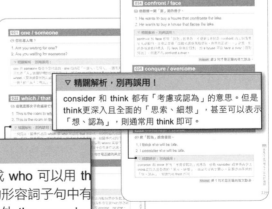

STEP ❸

刷題練習，落實學習

刷題真正的用意不是在寫了
多少，而是要確認那些題目
透露出的「對應觀念」是不
是都能掌握了？尤其在完成
一階段的學習之後，利用「洗
腦測驗」練習不斷刷題刷記
憶，學習更有效力。

好不容易學完一個單元，先別急著開
始新的學習，試試自己熟練了沒？
重點不是學多少，而是記住多少！

選擇題（I）哪一個才是正確的？

001. **Its / It's** a beautiful day, isn't it?
    今天天氣很好，不是嗎？

002. I don't like those girls, so I'm not going to invite **them /**
    themselves to my party.
    我不喜歡那些女生，所以我將不邀請她們來我的派對。

STEP ❹

含金量高解答，定植記憶

解答不只是解答！除再精華
學習重點及更多重要提醒外，
亦能在閱讀時將觀念深刻定
植在大腦裡。吸收後的學習
內容，不僅不再混淆，亦能
鍛鍊出快速、正確直覺反應，
英語力大躍進。

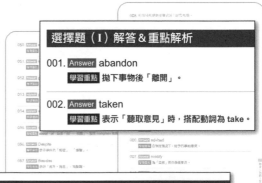

選擇題（I）解答&重點解析

001. Answer abandon
    學習重點 拋下事物後「離開」。

002. Answer taken
    學習重點 表示「聽取意見」時，搭配動詞為 take。

選擇題（II）解答&重點答案

001. Answer 第1句
    解析 be up for 表示「對某事或物熱烈期待或渴望」
    算做某事」之意。

Preface 前言

常常聽到不少學生說：「唉，明明我都很熟悉這個單字，怎麼在考試的時候還是會寫錯？」或是：「唉呀，原來要用這個字，我記成了另一個很像的片語了！」諸如此類的遺憾和懊悔，是否也曾經發生在你的身上呢？

大家都知道，學英文不是一件簡單的事，除了要記單字，還要學句型、文法……好不容易花了許多時間學習之後，感覺好像自己程度還不錯哦，但時不時在考試或是生活應用、溝通的時候，還是會發生失分、失誤的狀況，真的是讓人很懊惱、挫折！到底問題出在哪裡？

這正是因為在英文的詞彙和使用中，有許多容易讓人混淆的部分；如同我們的國字裡也有很多長得很像或用法很像的詞彙，多一橫、少一撇，就差很多。英文也是一樣的，明明同樣的中譯，但是因為使用情境的不同，若是沒有確實理解，就有可能發生「差之毫釐、失之千里」的狀況。例如：technique／technology 都有「技術」的意思，但前者指的是在藝術、文學、運動等方面技能，而後者則是指在科學、工業或是技術設備上的專門知識。你看，若是沒有確實理解其使用上的不同，是不是很容易就會混淆，就有可能用錯。

所以，我當時在架構這本書的內容時，特別收錄 500 組最易造成學習者容易混淆的英文用法，並依照詞性方式分類，以利查找。同時，藉由大家最容易犯錯的英文用法，不論是在字詞、片語或是文法上的使用，透過一針見血、精闢的解析說明，最後再利用大量的練習—「洗腦測驗」，反覆作題刷記憶，學習一定更通透清楚，絕對能強化對正確用法的記憶。

最後，希望透過這一本書，讓你的英文努力不白費，不再混淆用錯，能完全展現百分百英語實力！

Contents 目錄

CHAPTER
01／名詞

001 ability / capability

Q 沒有人懷疑他是一個在音樂方面有卓越「才華」的人。

1. No one doubts that he is a man of great musical **capability**.
2. No one doubts that he is a man of great musical **ability**.

> ▽ 精闢解析，別再誤用！
>
> 乍看之下 ability 和 capability 都有能力的意思，但用法還是稍有不同。ability 強調的是一個人的才能，如在音樂、語言、或是藝術方面的才華。而 capability 用來強調能夠完成某些事項的特質，例如：員警的辦案效率，或是公司營運的績效。

Answer 第 2 句才是正確的英文說法。

002 名詞 suicide

Q 我不敢相信那個有名的銀行家居然「自殺了。」

1. I can't believe that the famous banker **suicided** last night.
2. I can't believe that the famous banker **committed suicide** last night.

> ▽ 精闢解析，別再誤用！
>
> suicide 是名詞「自殺」的意思，也表動詞，但現在英文慣用說法中，表示自殺的動作要用 commit suicide 來表示，其中 commit 表執行、約定。

Answer 第 2 句才是正確的英文說法。

003 win

Q 我們在最後時刻「贏得」了比賽。

1. We **won the game** at the eleventh hour.
2. We **won your team** at the eleventh hour.

> ▽ 精闢解析，別再誤用！
>
> win 是及物動詞「勝過」的意思，後面接的受詞只能是比賽、獎金、獎品的名稱。如果要表示「打敗某人」，可以用 beat 來表示，其後受詞即可為人或隊伍，如 We've beaten your team.（我們打敗了你們的隊伍。）。

Answer 第 1 句才是正確的英文用法。

004 school / academy

Q 馬克加入這所有名的軍官「學校」已經有三年的時間了。

1. Mark has joined this famous military **school** for three years.
2. Mark has joined this famous military **academy** for three years.

▽ 精闢解析，別再誤用！

雖然 school 跟 academy 都是接受教育的地方，但是兩者仍有不同。school 是開放給一般學生接受教育的場所，例如：小學、中學等。而想要進入 academy 的成員必須先經過篩選，例如：體格篩選、特殊才藝考試，才能接受專門或特殊的訓練，例如：軍校或是音樂學院。

Answer 第 2 句才是正確的英文說法。

005 名詞 arrangement（安排）

Q 我們得為我們的行程做好「安排」。

1. We'd better **make arrangement** for our trip.
2. We'd better **make arrangements** for our trip.

▽ 精闢解析，別再誤用！

在安排事情時，一定是各個面向都要顧及、且層層環節都不能出錯，故在表示 arrangement（安排）時，記得要用複數型 arrangements，表示「做……相關安排」。

Answer 第 2 句才是正確的英文說法。

006 tone / accent

Q 這個人說英語的時候帶有濃濃的「口音」，我不太了解他到底在說些什麼。

1. This man speaks English with a strong **accent**; I can't really understand what he says.
2. This man speaks English with a strong **tone**; I can't really understand what he says.

▽ 精闢解析，別再誤用！

accent 的意思是腔調，或是來自某些地方的特殊鄉音。例如：某些法國人說英語的時候可能聽起來還是帶有濃濃的法國腔。而 tone 則是人說話時的語氣與口吻，例如：情緒激動時，說話的時候就會用比較激昂的口吻 (ringing tones) 來表現。

Answer 第 1 句才是正確的英文說法。

007 success

Q 「成功」正是我所想要的。

1. **Success** is just what I want.
2. **Succeed** is just what I want.

▽ 精闢解析，別再誤用！

成功的名詞、動詞和形容詞分別為 success、succeed 和 successful。由於中文的「成功」可代表以上三種詞性，故常常會混淆英文中不同的動詞型態。以上例句中，「成功」做為主詞，應為名詞或名詞子句，故這裡的句意，應為 success（名詞）較為適合。

Answer 第 1 句才是正確的英文說法。

008 voice / sound

Q 他們對她美妙的「噪音」讚嘆不已。

1. They admired her beautiful **voice**.
2. They admired her beautiful **sound**.

▽ 精闢解析，別再誤用！

英語中的 sound 表達意涵廣，可以指各種東西製造或發出的聲響，如 sound of the coming train（火車來了的聲音），在描述「未知的聲音」時，也常用 sound 而不用 voice 表示。而 voice 則特別指人用聲帶發出的聲音，常指歌喉或是說話的聲音。

Answer 第 1 句才是正確的英文說法。

009 drink

Q 我想「喝點東西」然後好好休息一下。

1. I'd like **a drink** and have a good rest.
2. I'd like **something to drink** and have a good rest.

▽ 精闢解析，別再誤用！

在英語中，a drink 指的是「含酒精的飲料」，而 something to drink 則表達的是一般飲料，包含所有含酒精以及不含酒精的飲料。原句的意思是喝點東西休息一下，一般我們會理解為不含酒精的飲料，所以要用 something to drink 更合適一些。

Answer 第 2 句才是正確的英文說法。

010 experience / experiences

Q 老闆可能會雇用她，因為她有多年的行銷「經驗」。

1. The boss may hire her because she has years of **experiences** in marketing.

2. The boss may hire her because she has years of **experience** in marketing.

▽ 精闢解析，別再誤用！

當 experience 作「經驗」講時，如此例句中指在同一領域、同一事件的單一經驗，為不可數名詞，沒有複數形式；如果作「經歷」講時，表示可能為多種不同性質的經驗，為可數名詞 experiences。

Answer 第 2 句才是正確的英文說法。

011 名詞 furniture（家具）的量詞

Q 那對夫婦在計畫為新房子添置一些「家具」。

1. The couple is planning to buy **some** new **furniture** for their new house.

2. The couple is planning to buy **several** new **furniture** for their new house.

▽ 精闢解析，別再誤用！

furniture 是不可數名詞，必須要和表示數量的量詞或形容詞連用，比如 some, a piece of , a lot of 等，several 修飾的是可數名詞，不能用來修飾 furniture。而要表示一件一件的家具數量時，需用量詞 piece。

Answer 第 1 句才是正確的英文說法。

012 score / point

Q 期末考試你得了多少「分」？

1. What was your **point** in the final exam?
2. What was your **score** in the final exam?

▽ 精闢解析，別再誤用！

score 是不可數名詞，指分數這件事本身，所以不能用複數形式。詢問分數是多少時，不能用 how much score 這樣表達，可以用可數名詞的 point 表達，用 How many points did you get? 詢問得到幾分。

Answer 第 2 句才是正確的英文說法。

013 incident / accident

Q 在這場「車禍」中無人身亡根本就是一個奇蹟。

1. It's a miracle that no one got hurt from the **car incident**.
2. It's a miracle that no one got hurt from the **car accident**.

▽ 精闢解析，別再誤用！

accident 大多是指突發的令人不開心的意外事件，而 incident 意思是一些不常發生而且比較不尋常的事件。如果強調的是事故，多用 accident，例如：車禍。如果是指事情進行過程中發生的插曲，則多用 incident，例如：協商過程中發生的爭吵。

Answer 第 2 句才是正確的英文說法。

014 housing / accommodation

Q 這個背包客正在找一個「棲身之處」。

1. The backpacker is looking for his **housing**.
2. The backpacker is looking for his **accommodation**.

▽ 精闢解析，別再誤用！

accommodation 跟 housing 都跟居住有關。嚴格說來，accommodation 是提供給旅客棲身的地方，例如：旅館，或是商業用途的出租辦公室。housing 則是住宅的統稱，或是政府提供給低收入者的住宅（public housing）。

Answer 第 2 句才是正確的英文說法。

015 explanation / account

Q 「告訴」我昨天到底發生了什麼事。

1. Give me your **account** of what happened yesterday.
2. Give me your **explanation** of what happened yesterday.

▽ 精闢解析，別再誤用！

account 跟 explanation 都有敘述描寫的意思。但是 account 是以口頭或書面的方式所做的人物描寫與事情的報導，而 explanation 是說明事情發生的經過，藉以釐清事件的原因與後果，例如：某人解釋上學遲到的原因是捷運誤點。

Answer 第 1 句才是正確的英文用法。

016 pain / ache

Q 我今天因為牙「痛」，什麼都沒吃。

1. I didn't eat anything today because of my tooth **pain**.
2. I didn't eat anything today because of my tooth**ache**.

▽ 精闢解析，別再誤用！

ache 跟 pain 這兩個字意義非常接近。但嚴格說起來，ache 強調的是一種持續性的、隱約的疼痛，例如：牙痛和頭痛（toothache and headache）。pain 指的則是突然間身體或精神上感受到極大的不舒服或痛苦，例如：被人刺一刀所感到的劇痛。

Answer 第 2 句才是正確的英文說法。

017 friend / acquaintance

Q 我跟那群人不太熟，但其中一個是我「認識的人」。

1. I don't know those people very well, but one of them is my **acquaintance**.
2. I don't know those people very well, but one of them is my **friend**.

▽ 精闢解析，別再誤用！

在英文裡並不是彼此認識就能稱為朋友。acquaintance 跟 friend 這兩字的區別就在於彼此交情的深淺。若是指認識不深的泛泛之交，就要用 acquaintance，而那些真正擁有共同興趣或是喜好的人，才能稱作 friend。

Answer 第 1 句才是正確的英文說法。

018 venture / adventure

Q Mike 在印度的「冒險」充滿了令人興奮的事。

1. Mike's **venture** in India was full of excitement.
2. Mike's **adventure** in India was full of excitement.

▽ 精闢解析，別再誤用！

adventure 跟 venture 這兩個字不僅拼法接近，也都有冒險的意思，但指的卻是不一樣的冒險。不同之處在於 adventure 是指充滿奇遇的旅行或是某種有危險性的活動，而 venture 則用於商業上的冒險，例如：有風險的投資。

Answer 第 2 句才是正確的英文說法。

019 deputy / agent

Q 我的房地產「經紀人」會安排買屋的事宜。

1. My real estate **agent** will arrange the buying of the house.
2. My real estate **deputy** will arrange the buying of the house.

▽ 精闢解析，別再誤用！

雖然 agent 跟 deputy 在中文意思上都有代理人的意思，但兩者代理的對象是完全不同的。agent 通常是代表客戶或是某一家公司處理業務或買賣，例如：房地產經理人公司在外地的代理商等等。但是 deputy 指的是在一家公司中暫代主管職務的副手。

Answer 第 1 句才是正確的英文用法。

020 isle / aisle

Q 我總是挑選「靠走道的」座位。

1. I always choose an **isle** seat.
2. I always choose an **aisle** seat.

▽ 精闢解析，別再誤用！

乍看之下 aisle 和 isle 這兩字根本是雙胞胎。它們不僅發音完全相同，拼法也類似，但是兩字在意思上卻沒有任何關聯。aisle 指的是走道或貨架間的通道，而 isle 則有島嶼的意思，例如：不列顛群島（British Isles）。

Answer 第 2 句才是正確的英文說法。

021 amateur / novice

Q 這位「業餘」單車手已經騎車多年了。

1. The **amateur** biker has been cycling for years.
2. The **novice** biker has been cycling for years.

▽ 精闢解析，別再誤用！

amateur 雖然有業餘的意思，但絕不代表是初學者 novice。amateur 通常是指因為興趣而投入某項運動或活動，而不是以此為職業的人，例如：業餘運動員，攝影師等。但是 novice 則是指完全沒有經驗，剛開始接觸某項活動的人。

Answer 第 1 句才是正確的英文說法。

022 anxiety / depression

Q 飼主正十分「憂心」的等待更多關於小狗走失的消息。

1. The owners are waiting with great **anxiety** for some news about the missing dog.
2. The owners are waiting with great **depression** for some news about the missing dog.

▽ 精闢解析，別再誤用！

雖然 anxiety 跟 depression 都跟心情有關，但是造成 anxiety 的原因通常是未知帶來的恐懼，或是心情上的不安，例如：擔心某人的安危。而造成 depression 的原因，通常是憂傷與了無希望的感覺，例如：經濟不景氣帶來沮喪感。

Answer 第 1 句才是正確的英文說法。

023 amount / number

Q 「有一大筆」錢剛剛匯進了我的銀行戶頭。

1. **A large amount** of money was just deposited in my bank account.
2. **A large number** of money was just deposited in my bank account.

▽ 精闢解析，別再誤用！

amount 和 number 兩字都有「數量」的意思，但是 amount 是用於計算不可數名詞的數量，例如：水量、雨量等（water／rain）。而 number 則是用於計算可數名詞的數量，例如：車輛、學生人數等 （cars／students）。

Answer 第 1 句才是正確的英文說法。

024 analyst / analyzer

Q 這位「分析師」被要求比較先前與現今的數據差異。

1. The **analyzer** was asked to compare previous figures to current numbers.

2. The **analyst** was asked to compare previous figures to current numbers.

▽ 精闢解析，別再誤用！

乍看之下 analyst 和 analyzer 兩字意思很容易被混淆。analyst 是分析數據或市場狀況的專業人士，也就是分析師，例如：商業分析師 business analyst。而 analyzer 通常指的是分析師用來分析數據及資料所使用的機器設備。

Answer 第 2 句才是正確的英文說法。

025 architect / builder

Q 這棟巨型建築是由這位出名的「建築師」所設計的。

1. This mega structure was designed by the famous **builder**.

2. This mega structure was designed by the famous **architect**.

▽ 精闢解析，別再誤用！

房子在建造之前需要由 architect 負責決定建築物的風格，畫設計圖，並負責製作安全的建築計畫。但 builder（建築者；建築商）主要是負責施工與機器操作。在國外，因為人工貴，很多人請 architect 畫設計圖，但是屋主自己當 builder。

Answer 第 2 句才是正確的英文說法。

026 architecture / construction

Q 這個城市的「建築」每年吸引很多遊客前來。

1. The **construction** of the city attracts a large number of tourists every year.

2. The **architecture** of this city attracts a large number of tourists every year.

▽ 精闢解析，別再誤用！

因為 architecture 與 construction 這兩個字都跟建築有關，所以很容易混淆。通常用到architecture 這個字時，指的是建築的風格、特色以及設計。construction 這個字強調的是建材或跟工程相關的部分。

Answer 第 2 句才是正確的英文說法。

027 conflict / fight

Q 我哥哥和我總是為了輪到誰洗碗而「爭吵」。

1. My brother and I always have a **conflict** about whose turn it is to do the dishes.

2. My brother and I always have a **fight** about whose turn it is to do the dishes.

▽ **精闢解析，別再誤用！**

人與人之相處難免會有意見不同的時候，當與人發生口角時，在英文裡就用到 argument 這個字。可是如果是國與國之間，因為糾紛而發生暴力衝突甚至用到武器，就會使用 conflict 這個字。have a fight 可指「吵架」。

Answer 第 2 句才是正確的英文說法。

028 essay / article

Q 今天報紙上有一篇很棒的「社論」。

1. There is a very good **leading article** in the newspaper today.

2. There is a very good **leading essay** in the newspaper today.

▽ **精闢解析，別再誤用！**

在英文中 article 跟 essay 兩字都有短篇文章的意思，但使用上仍有不同。article 指的是在報章雜誌上針對一定主題所發表的短文，例如：報紙刊登的社論。而 essay 通常是為了學術研究所提出的報告，例如：一篇關於中世紀文學的研究報告。

Answer 第 1 句才是正確的英文說法。

029 ashes / dust

Q 老人不敢相信自己的房子已燒成了「灰燼」。

1. The old man can't believe that his house was burnt to **ashes**.

2. The old man can't believe that his house was burnt to **dust**.

▽ **精闢解析，別再誤用！**

在英語中常聽見 ashes to ashes dust to dust（塵歸塵，土歸土），因此這兩字較容易被混淆。其實 ash 是經過燃燒後留下的灰色細微粉末。而 dust 則是指一些細小的粉末，尤其是指室內家具上所堆積的細小灰塵或是野外的塵土。

Answer 第 1 句才是正確的英文說法。

030 assembly / meeting

Q 學生們被要求準時到校參加每天早上學校的「集會」。

1. The students are asked to be on time for the school **assembly** every morning.

2. The students are asked to be on time for the school **meeting** every morning.

▽ 精闢解析，別再誤用！

乍看之下，assembly 跟 meeting 這兩字幾乎是同義字。但嚴格說起來，兩者的差異在於參加的人數。通常 assembly 指的是人數眾多的集會，而 meeting 的人數明顯少得多，即使是兩三個人參加的聚會也可以稱作 meeting。

Answer 第 1 句才是正確的英文說法。

031 assessment / evaluation

Q 「測驗結果」顯示 Linda 需要加強寫作的能力。

1. The **evaluation** has shown that Linda needs to improve her writing skills.

2. The **assessment** has shown that Linda needs to improve her writing skills.

▽ 精闢解析，別再誤用！

一般來說 assessment 與 evaluation 意義幾乎相同，都有評估、評價的意思。但是在教育界，兩者有著不同之處。assessment 強調的是學習過程的評估，幫助學生找出需要加強處；而 evaluation 則著重在評量之後的排名與成績。

Answer 第 2 句才是正確的英文說法。

032 insurance / assurance

Q 儘管他對我一再「保證」，他還是沒有把 CD 還給我。

1. In spite of all his **insurance**, he didn't give my CD back.

2. In spite of all his **assurances**, he didn't give my CD back.

▽ 精闢解析，別再誤用！

一般來說 assurance 是保證的意思，但是要特別注意的是，在英式英語裡，assurance 的確有保險的意思，例如：人壽保險（life assurance）。而 insurance 的意思就是保險、保費，在使用上不能替代 assurance。

Answer 第 2 句才是正確的英文說法。

033 athletics / activity

Q 「體育活動」需要旺盛的精力與體力。

1. **Activities** demand lots of energy and physical strength.
2. **Athletics** demand lots of energy and physical strength.

▽ 精闢解析，別再誤用！

athletics 是特別需要體力與速度的一種體育活動，例如：田徑、鐵人三項（Triathlon）等，從事 athletics 的人通常需要不斷的練習。而 activity 則是指為了娛樂或興趣而從事的活動，例如：登山、游泳等團體活動。

Answer 第 2 句才是正確的英文說法。

034 atmosphere / sphere

Q 你有感覺到辦公室裡不太愉快的「氣氛」嗎？

1. Have you sensed an unpleasant **atmosphere** in the office?
2. Have you sensed an unpleasant **sphere** in the office?

▽ 精闢解析，別再誤用！

atmosphere 與 sphere 這兩字常被誤用。atmosphere 是大氣層的意思，或是一個地方的氣氛。而 sphere 指的是球狀體，以及專業領域，例如：電影圈，或是新聞界等。所以形容一個辦公室的氛圍，就會用 atmosphere 而不是 sphere。

Answer 第 1 句才是正確的英文說法。

035 intention / attention

Q 「注意力」不要分散。

1. Don't let your **intention** wander.
2. Don't let your **attention** wander.

▽ 精闢解析，別再誤用！

雖然 attention 及 intention 的拼法很類似，但前者的意思是注意力、專心，例如：專心在某件事物上（pay attention to ...）。而intention 則是有意圖及目的的意思，例如：一片好心（good intentions）。

Answer 第 2 句才是正確的英文說法。

036 autobiography / biography

Q 前總統在三年前寫了他的「自傳」。

1. The former president wrote his **biography** three years ago.

2. The former president wrote his **autobiography** three years ago.

▽ 精闢解析，別再誤用！

在英文中 auto 的意思是自己（的），而 biography 的意思是傳記。所以 autobiography 的中文意思是自傳，也就是一本作者寫關於自己生平的書。而 biography 則是某位作者寫的關於別人生平事蹟的書。

Answer 第 2 句才是正確的英文說法。

037 vocation / avocation

Q 我最喜歡的「嗜好」是慢跑。

1. My favorite **avocation** is jogging.

2. My favorite **vocation** is jogging.

▽ 精闢解析，別再誤用！

雖然只差了一個字母，avocation 和 vocation 卻有完全不一樣的意思。avocation 的意思是興趣、嗜好，例如：下棋、爬山等。而 vocation 是指專長與才能，尤其是指適合某種職業的專長。例如：一個褓母的專業能力是照顧小孩。

Answer 第 1 句才是正確的英文說法。

038 award / reward

Q 本年度獲得最佳女主唱「獎」的人是 Adele。

1. The **award** for this year's best female solo artist went to Adele.

2. The **reward** for this year's best female solo artist went to Adele.

▽ 精闢解析，別再誤用！

雖然 award 跟 reward 都跟獎賞有關，但兩者在用法上仍有不同。通常某人獲得 award 是因為此人在某方面的卓越成就，例如：終生致力世界和平的人獲得諾貝爾和平獎。而獲得 reward 的人，通常是因為某項善舉，例如：拾金不昧而獲得失主的重金酬謝。

Answer 第 1 句才是正確的英文說法。

039 basement / cellar

Q 我已經住在我父母家的「地下室」很多年了。

1. I have been living in my parents' **cellar** for years.
2. I have been living in my parents' **basement** for years.

▽ 精闢解析,別再誤用!

basement 跟 cellar 都是蓋在地底下,但兩者的功用還是略有不同。basement 通常是用來儲藏物品,或是可以供人居住的地方,例如:地下套房(basement apartment)。而 cellar 也會用來儲藏物品,但更多是儲藏酒的地方。

Answer 第 2 句才是正確的英文說法。

040 behalf / behavior

Q 我現在要「代表他」發言。

1. I will now speak **on his behavior**.
2. I will now speak **on his behalf**.

▽ 精闢解析,別再誤用!

behalf 和 behavior 兩字拼法相似,behalf 有代表或是為了某人利益的意思,常用句型是 on someone's behalf(代表某人)。而 behavior 的意思是行為,常用句型是 on one's best behavior(守規矩)。

Answer 第 2 句才是正確的英文說法。

041 trademark / brand

Q 你最喜歡的果汁「廠牌」是什麼?

1. What is your favorite **trademark** of juice?
2. What is your favorite **brand** of juice?

▽ 精闢解析,別再誤用!

brand 和 trademark 兩字的中文意思裡都有「商標」兩字,但兩者所代表的意義是不同的。brand 所指的是產品的廠牌或是商品上的商標。而 trademark 指的是印在商品上的一個特殊符號或是文字,顯示此商標未經廠商許可不能擅自使用。

Answer 第 2 句才是正確的英文說法。

042 bravery / courage

Q 這位老師從火場救出孩子們的時候，展現了無比的「勇氣」。

1. The teacher showed great **bravery** when she saved the children from a burning building.
2. The teacher showed great **courage** when she saved the children from a burning building.

▽ 精闢解析，別再誤用！

bravery 與 courage 幾乎有相同的意思，但是嚴格來説，bravery 所代表的是不加思索其中的危險性而直覺反應的勇氣，例如：地震中母親用身體保護小孩的勇氣。而 courage 是一種即使知道非常困難，而仍然能夠面對挑戰的勇氣。

Answer 第 1 句才是正確的英文説法。

043 suitcase / briefcase

Q 記得把你的電腦和所有文件都放在出差用的「公事包」裡。

1. Remember to pack your computer and all the documents in your **suitcase** for the business trip.
2. Remember to pack your computer and all the documents in your **briefcase** for the business trip.

▽ 精闢解析，別再誤用！

suitcase 是行李箱的總稱，通常是指擺放衣物及旅行時的私人物品的大型箱子；但是briefcase 一般指的是皮製的商務用途的公事包，體積較小。所以一般如果是指商務人士擺放文件及電腦的小型行李箱，就會用 briefcase。

Answer 第 2 句才是正確的英文説法。

044 canal / channel

Q 這條「溝渠」是在 20 年前為了避免水患而建造的。

1. The **canal** was built 20 years ago to avoid floods.
2. The **channel** was built 20 years ago to avoid floods.

▽ 精闢解析，別再誤用！

乍看之下，canal 和 channel 的拼法實在太相似了，又都跟水有關，所以很容易被混淆。canal 是指為了運輸用而人工挖掘的運河，或引水、排水用的水道；而 channel 是天然的海峽或是港灣。

Answer 第 1 句才是正確的英文說法。

045 teller / cashier

Q 當我站在這家店的「收營員」面前時，我發現我身上沒帶錢。

1. When I was standing in front of the **cashier** in the store, I found out that I didn't have any money with me.
2. When I was standing in front of the **teller** in the store, I found out that I didn't have any money with me.

▽ 精闢解析，別再誤用！

cashier 與 teller 的工作都跟收發錢的工作有關，但是工作的地點與性質還是有差異。cashier可能是在店家的收銀員或是銀行的出納員，但是 teller 則是專門在銀行工作的出納員。所以在商店裡是不會有 teller 來跟你收錢的。

Answer 第 1 句才是正確的英文說法。

046 diploma / certificate

Q 你需要攜帶你的出生「證明」到市政府。

1. You need to bring your birth **certificate** to the city hall.
2. You need to bring your birth **diploma** to the city hall.

▽ 精闢解析，別再誤用！

certificate 是指證明某件事情屬實的文件，包含出生證明、文憑或是執照等；但是 diploma的意思是單指畢業文憑。所以在許多情況下，certificate 可以替代diploma，但是 diploma 卻不能替代 certificate。

Answer 第 1 句才是正確的英文說法。

047 cement / concrete

Q 傳統是讓這家人團結在一起的「黏著劑」。

1. Tradition is the **concrete** that holds the family together.

2. Tradition is the **cement** that holds the family together.

▽ 精闢解析，別再誤用！

許多人以為 cement 跟 concrete 是同義字，其實不然。cement 是製成
concrete 的原料之一。cement 是指水泥，加入沙與水和小石子攪拌之後成為
混凝土（concrete）。而 cement 因為有黏著的功能，所以也用來比喻讓人們
團結在一起的接著劑。

Answer **第 2 句才是正確的英文說法。**

048 situation / circumstances

Q 在我們下評斷之前，最好先知道全部的「情況」。

1. It's better to know the **circumstances** before we make judgments.

2. It's better to know the **situation** before we make judgments.

▽ 精闢解析，別再誤用！

很多人搞不清楚這兩個字的區別，簡單的說，不同的 circumstances（境遇、事
實、情況）可能會造就相同的 situation（處境、情況）。例如：班上有兩名同學
缺席了（situation），而缺席的兩名學生缺席的 circumstances 卻不一樣：其中一
名缺席是因為生病；而另一名學生是因為翹課。

Answer **第 1 句才是正確的英文說法。**

049 resident / citizen

Q 以她美國「公民」的身分，她將可以投票。

1. As an American **resident**, she will be able to vote.

2. As an American **citizen**, she will be able to vote.

▽ 精闢解析，別再誤用！

citizen 和 resident 都是某一地區或國家的居民，但是在法律上仍享有不一樣的待
遇。citizen是享有選舉權和其他權利（例如：美國部分州法可以擁有槍枝），而
resident 有可能是外來移民定居在某個國家，或是從外地來就學的學生。

Answer **第 2 句才是正確的英文說法。**

050 comedy / comic

Q 你沒有讀過任何一部莎士比亞的「喜劇作品」？

1. Have you read any of Shakespeare's **comics**?

2. Have you read any of Shakespeare's **comedies**?

▽ 精闢解析，別再誤用！

comedy 的意思是喜劇，例如：莎翁的仲夏夜之夢，或是電視上的喜劇影集。而 comic 通常指的是連環漫畫。比較容易混淆的部分是 comic 同時也有喜劇演員的意思，例如：講笑話的喜劇演員（a stand-up comic）。

Answer 第 2 句才是正確的英文說法。

051 comment / criticism

Q 這個演員對觀眾的「評論」感到高興。

1. The actor is quite happy about the audience's **comments**.

2. The actor is quite happy about the audience's **criticism**.

▽ 精闢解析，別再誤用！

comment 和 criticism 兩字都有評論和評語的意思。不過 comment 本身沒有負面批評的意思，而 criticism 通常帶有指責的意味。所以如果要說不利的評論時，可以用 criticism 或者是 unfavorable comment。

Answer 第 1 句才是正確的英文說法。

052 contray / contrast

Q 每個人都覺她很美，可是我「一點也不覺得」。

1. Everyone thinks she is beautiful, but I **think the contrary**.

2. Everyone thinks she is beautiful, but I **think the contrast**.

▽ 精闢解析，別再誤用！

許多人都認為 contrary 和 contrast 的意義相同，其實是不正確的。contrary 是指完全相反的事物或是否定他人的意見，而 contrast 是對比，也就是強調兩個不同事實之間的差異性，例如：台灣的夏天很熱，但是冬天很冷。

Answer 第 1 句才是正確的英文說法。

053 competitor / opponent

Q 為了贏得這筆生意，我們必須提供比我們「競爭對手」更好的價格才行。

1. In order to win this deal, we must offer better rates than our **opponents**.

2. In order to win this deal, we must offer better rates than our **competitors**.

▽ 精闢解析，別再誤用！

英語中的 competitor 與 opponent 意思非常接近，都有競爭對手的意思。但是 competitor 除了用在體育項目或比賽之外，還可以用在商場競爭上。而 opponent 通常指比賽或運動項目的對手，或是對某件事持反對意見的人。

Answer 第 2 句才是正確的英文說法。

054 compliment / complement

Q 愉快的聚會上加上音樂「才算完美」。

1. Music is a **compliment** to a good party.

2. Music is a **complement** to a good party.

▽ 精闢解析，別再誤用！

complement 和 compliment 這兩個字拼法類似，連發音都一模一樣。但兩者意義不同。前者意指讓事情更完美的補充物，而後者是指讚美或是讚揚。記單字時可以提醒自己 compliment 中間的母音是 i，所以可以記：我喜歡被讚美。

Answer 第 2 句才是正確的英文說法。

055 content / context

Q 我不喜歡這本書的「內容」。

1. I don't like the **content** of this book.

2. I don't like the **context** of this book.

▽ 精闢解析，別再誤用！

在英文中 content 和 context，常容易被混用。content 指的是文章或演講的內容，而context 指的是文章的前後文。在英文中有些字代表著不同的意義，例如：mad 這個字可能代表生氣，也可能代表瘋狂，這時就要靠前後文來定義這個字。

Answer 第 1 句才是正確的英文說法。

056 commodity / product

Q 因為「物料」價格上漲，食品公司紛紛提高售價。

1. The food companies have raised their prices due to big rises in **commodity** prices.

2. The food companies have raised their prices due to big rises in **product** prices.

▽ 精闢解析，別再誤用！

commodity（商品、有價值之物）也是一種 product（產品、產物），但是通常 commodity 指的是農產或是礦物（銅、錫）等原物料，經過加工製造後成為 product。一般說來，commodity 是由商人賣給商人，而 product 則是由商人賣給消費者。

Answer 第 1 句才是正確的英文說法。

057 customer / consumer

Q 這家店的老闆總是跟他的「顧客」維持很好的關係。

1. The shop owner always keeps a good relationship with his **customers**.

2. The shop owner always keeps a good relationship with his **consumers**.

▽ 精闢解析，別再誤用！

customer 的意思是顧客，consumer 的意思是消費者，兩者不是一樣嗎？其實還是有差異的。前者指的是買東西的人，而後者是使用商品的人。例如：媽媽到超市買衛生紙，媽媽是 customer，但使用衛生紙的家人都是 consumers。

Answer 第 1 句才是正確的英文說法。

058 data / information

Q 電腦正在處理所有的「數據資料」。

1. The computer is processing all the **data**.
2. The computer is processing all the **information**.

▽ 精闢解析，別再誤用！

在一般情況下，data 的解釋幾乎就是 information。但是在資訊時代，data 是指一連串可以經由電腦分析並儲存的數據資料。經過計算和處理過後的產物才是 information。值得注意的是 data 這個字目前都是當作不可數名詞。

Answer 第 1 句才是正確的英文說法。

059 countryside / suburb

Q 我們在「鄉下」看不到一個人影，只有美麗的葡萄園和田野。

1. We saw nobody in the **countryside**; there were just beautiful vineyards and farms.
2. We saw nobody in the **suburb**; there were just beautiful vineyards and farms.

▽ 精闢解析，別再誤用！

英文裡的 countryside 與 suburb 都位於城市以外的郊區，但是 countryside 比 suburb 還要更偏僻一點，多做農業用途，或自然風光，屬人煙稀少的地方。suburb 雖位於郊外，仍然是供人居住的地方，生活機能比較便利。

Answer 第 1 句才是正確的英文說法。

060 deadline / dateline

Q 你最好快一點好趕上「最後期限」。

1. You'd better hurry to meet the **deadline**.
2. You'd better hurry to meet the **dateline**.

▽ 精闢解析，別再誤用！

因為拼法接近，發音也類似，deadline 和 dateline 的確容易被混淆。deadline 的意思是期限或截稿日。而 dateline 指的是 INTERNATIONAL DATELINE（國際換日線），也就是國際日期變更線，所以兩者意義完全不一樣。

Answer 第 1 句才是正確的英文說法。

061 broker / dealer

Ⓠ 我正想買一台車。我在哪可以找到二手車「商」？

1. I am looking for a car. Where can I find a used-car **dealer**?
2. I am looking for a car. Where can I find a used-car **broker**?

▽ 精闢解析，別再誤用！

dealer 代表作不同買賣的商人，例如：二手車商，或是販賣毒品的人（drug dealer）。而broker 是指掮客或經紀人，本身並不做買賣，而是作為買賣雙方的代理人從中獲取佣金，例如：房地產經紀人（real estate broker）。

Answer 第 1 句才是正確的英文說法。

062 demand / request

Ⓠ 她的三個孩子「花了」她非常多時間和精神。

1. Her three children make great **demands** on her time and attention.
2. Her three children make great **requests** on her time and attention.

▽ 精闢解析，別再誤用！

demand 和 request 這兩個字都有「要求」的意思，可是仍有些微的差異。demand 是因為需要所以要求，例如：家長要求教育津貼，或是消費者需要更多選擇。而 request 則是強調比較禮貌的請求，例如：難民請求國際救援，或是請鄰座的人輕聲交談。

Answer 第 1 句才是正確的英文說法。

063 disinformation / misinformation

Ⓠ 政府的詭計是用「錯誤的訊息」得到人民的支持。

1. The government's scheme is to use **disinformation** to gain support.
2. The government's scheme is to use **misinformation** to gain support.

▽ 精闢解析，別再誤用！

disinformation 和 misinformation 都是錯誤的訊息。但比較起來，disinformation 是為了某種目的或隱藏事實而刻意散布的錯誤訊息。而 misinformation 是指民間不實的小道消息，例如：網路上流傳的錯誤訊息。

Answer 第 1 句才是正確的英文說法。

064 credit card / debit card

Q 如果你使用「轉帳卡（Visa 卡）」，付款金額會立刻從你的戶頭轉出。

1. If you use a **credit card**, the payment will be immediately transferred from your account.
2. If you use a **debit card**, the payment will be immediately transferred from your account.

▽ 精闢解析，別再誤用！

debit card 和 credit card 都屬於塑膠貨幣，但使用 debit card 時，銀行會立即從持卡帳戶扣款，所以可使用的額度不會超過銀行戶頭的存款。而使用 credit card 消費，不會立即扣款，而是等收到帳單時才需付款。

Answer 第 2 句才是正確的英文說法。

065 deed / behavior

Q 人們對於謀殺者的邪惡「行徑」感到震驚。

1. People were shocked by the murderer's evil **deeds**.
2. People were shocked by the murderer's evil **behavior**.

▽ 精闢解析，別再誤用！

在英文中 deed 指的是一個人的作為，例如：做好事 (do good deeds)、言行 (word and deed)。而 behavior 的意思是人類和動物的行為舉止，例如：被人豢養的動物與野生動物會有不同的行為模式 (pattern of behavior)。

Answer 第 1 句才是正確的英文說法。

066 desert / dessert

Q 你確定我們能橫跨「沙漠」嗎？

1. Are you sure that we can cross the **desert**?
2. Are you sure that we can cross the **dessert**?

▽ 精闢解析，別再誤用！

一個不小心，就可能看錯或拼錯 desert 和 dessert 這兩個字。拼法幾乎一樣，發音也類似，兩者意思卻大不相同。desert 是沙漠，而 dessert 是甜點，例如：蛋糕，布丁等。不確定拼法時，就記得：甜點可以多吃一點，所以多了一個 s。

Answer 第 1 句才是正確的英文說法。

067 disease / illness

Q 他罹患了一種罕見的血液「疾病」。

1. He suffers from a rare blood **disease**.
2. He suffers from a rare blood **illness**.

▽ 精闢解析，別再誤用！

在英文裡，disease 和 illness 常常做為同義詞使用，但 illness 強調的是身體不適的這個狀態跟時期，可能是由某種 disease 所造成的。所以只有 disease 才是指那些會染上或傳染給別人的疾病，例如：遺傳疾病（genetic disease）。

Answer 第 1 句才是正確的英文說法。

068 dosage / dose

Q 醫生要我在三餐飯後各用「一劑」藥。

1. The doctor told me to take **one dosage** of this medicine after each meal.
2. The doctor told me to take **one dose** of this medicine after each meal.

▽ 精闢解析，別再誤用！

dose 和 dosage 的意思實在太相近了。如果醫生說每次服用一包藥，這個「一包」就是 one dose。而每一包藥裡可能含有「一顆藥丸，兩顆膠囊」這就是 dosage（劑量）。所以一般來說，dose 是可數名詞，而 dosage 是不可數名詞。

Answer 第 2 句才是正確的英文說法。

069 emotion / feeling

Q 目擊者用顫抖的聲音「激動」的敘述這起悲劇。

1. The witness described the tragedy in a voice shaking with **emotion**.
2. The witness described the tragedy in a voice shaking with **feeling**.

▽ 精闢解析，別再誤用！

emotion （激動、情感）與 feeling （感覺、想法）常被混用。其實嚴格說來，emotion 就是比較強烈激動的 feeling。另外，feeling 還可以指一個人對事情主觀的看法。如果 emotion 是世界共通的感受，那麼 feeling 則會受到個人背景的影響。

Answer 第 1 句才是正確的英文說法。

070 end / ending

Q 我希望你能在這個「月底」前把錢還我。

1. I hope you can give my money back by **the end of the month**.
2. I hope you can give my money back by **the ending of the month**.

▽ 精闢解析，別再誤用！

若是比較 end 和 ending 的不同，便會發現，其實兩者非常接近。end 涵蓋的範圍比較廣，可以是一段時間的盡頭、一個地方的盡頭（城市的最北端 the north end of the city），或是一本書的結尾。而 ending 是指一本書的結尾，或是一部電影的結局。

Answer 第 1 句才是正確的英文説法。

071 employer / employee

Q 那家工廠有超過兩百名「員工」。

1. There are over two hundred **employers** in that factory.
2. There are over two hundred **employees** in that factory.

▽ 精闢解析，別再誤用！

一家公司裡有員工也有雇主，employee 是被公司雇用的人，政府單位的雇員則稱為 an employee of the government。而 employer 則是花錢請人來工作的雇主。雇主不一定是一個人，也有可能是指一家企業。

Answer 第 2 句才是正確的英文説法。

072 endurance / tolerance

Q 長途游泳比賽能夠真正考驗運動員的「耐力」。

1. Long-distance swimming races really test athletes' **endurance**.
2. Long-distance swimming races really test athletes' **tolerance**.

▽ 精闢解析，別再誤用！

endurance 和 tolerance 都跟忍受力有關，不過是屬於兩種不同的忍受力；前者是「自身的耐力」，後者是「對他人／其他事物的耐力、包容力」。一個運動員在身體極度疲憊的情況下騎自行車一千公里，這考驗的是他自己的 endurance。一個國家以寬容的方式對待少數民族，考驗的是這個國家的tolerance。

Answer 第 1 句才是正確的英文説法。

073 energy / power

Q 健康的飲食會帶給你很多的「活力」。

1. Healthy eating will give you lots of **energy**.
2. Healthy eating will give you lots of **power**.

▽ 精闢解析，別再誤用！

許多人認為 energy 跟 power 是同義字。事實上 energy 指的是一個人的活動能力與做事情的幹勁；power 則表示力量、力氣，例如：控制的力量，肌肉的力量。譬如說，幼兒通常比中老年人多一點 energy，但是幼兒不一定比中老年人有 power。

Answer **第 1 句才是正確的英文說法。**

074 engine / motor

Q 因為「引擎」的問題，我的飛機航班被取消了。

1. My flight was cancelled due to **engine** problems.
2. My flight was cancelled due to **motor** problems.

▽ 精闢解析，別再誤用！

engine 的意思是引擎，而 motor 的意思是馬達。引擎跟馬達到底有什麼區別呢？engine 是靠汽油當作燃料，例如：汽車，或是現今的客機。motor 則是靠電力轉換成為動力，像遙控汽車（remote control car）或是家庭式除草機。

Answer **第 1 句才是正確的英文說法。**

075 entrance / entry

Q 最近學生們都在忙著準備「入學」考試。

1. Recently the students have been busy with the **entrance** examination.
2. Recently the students have been busy with the **entry** examination.

▽ 精闢解析，別再誤用！

一般來說，entrance 和 entry 都可以用來表達進入的動作或入口。但是 entrance 特別強調參加儀式、演出或是入場權，例如：入學考試或入場券（entrance fee）等。而 entry 同時也代表被記錄下來的條目，例如：一篇日記。

Answer **第 1 句才是正確的英文說法。**

076 equipment / facility

Q 沒有適當的「工具」，我們無法修理這台車。

1. Without the right **equipment**, we can't fix the car.
2. Without the right **facility**, we can't fix the car.

▽ 精闢解析，別再誤用！

equipment 和 facility 都有設備的意思。通常 equipment 指的是較小型容易移動的工具或設備，例如：運動設備（exercise equipment），而 facility 則是為了從事某些活動而建造的建築、大型設施，或是內建的設備。

Answer 第 1 句才是正確的英文說法。

077 error / fault

Q 這起死亡事故是由人為「過失」所造成的。

1. The death was caused by human **error**.
2. The death was caused by human **fault**.

▽ 精闢解析，別再誤用！

error 和 fault 兩字在英文中都有錯誤的含意。一般來說可以混合使用。但嚴格說起來，error這個字強調的是錯誤本身，例如：錯誤訊息（error message），但是 fault 強調是某人所犯的錯誤，例如：It's all her fault.（那都是她的錯）。

Answer 第 1 句才是正確的英文說法。

078 excuse / reason

Q 他遲到的「藉口」是他把錢搞丟了。但是我不確定是不是真的。

1. His **excuse** for being late was that he had lost his money. But I am not sure if it's true.
2. His **reason** for being late was that he had lost his money. But I am not sure if it's true.

▽ 精闢解析，別再誤用！

excuse 和 reason 兩個字都有「理由」的意思，不同之處以上述的句子做範例：當使用 reason 這個字時，代表我們相信他的確是搞丟了錢。但是當使用的是 excuse 時，意思比較像是藉口，代表錢搞丟這件事可能是真的，也可能不是真的。

Answer 第 1 句才是正確的英文說法。

079 sport / exercise

Q 她「做運動」以鍛鍊她的膝蓋。

1. She **does sport** to strengthen her knees.

2. She **does exercises** to strengthen her knees.

▽ 精闢解析，別再誤用！

乍看之下，exercise 和 sport 不是同義字嗎？其實不然。exercise 主要是指為了強健體格所做的運動。但是 sport 代表的可能是團體的運動比賽，或是因為興趣或休閒而進行的活動，例如：跳傘就是一種 sport 而不是 exercise。

Answer 第 2 句才是正確的英文說法。

080 fake / imitation

Q 喔，可憐的麗莎，我想妳的 Gucci 包包是個「假貨」。

1. Oh, poor Lisa, I think your Gucci bag is **a fake**.

2. Oh, poor Lisa, I think your Gucci bag is **an imitation**.

▽ 精闢解析，別再誤用！

在英文中 fake 和 imitation 雖然都是偽製品，但意義上仍有些許不同。imitation 是模仿真品的仿製品，但是顧客知道此為仿製品，這樣的仿製品也可以稱為 look-alike。而 fake 是指刻意偽造用以蒙騙顧客的贗品。

Answer 第 1 句才是正確的英文說法。

081 fate / fortune

Q 是「命運」的安排帶我來到了歐洲。

1. It's **fate** that brought me to Europe.

2. It's **fortune** that brought me to Europe.

▽ 精闢解析，別再誤用！

fate 的意思是命運，強調的是一種冥冥中注定好，而且不能改變的力量或是最後的結局（通常指死亡）。相對的，fortune 卻代表了可以改變人一生的重要機會或運氣，或是未來可能會發生的事，例如：算命師（fortune teller）。

Answer 第 1 句才是正確的英文說法。

082 boyfriend and girlfriend / lover

Q 我的幾個同學都「談戀愛了」。

1. Some of my classmates **have boyfriends and girlfriends**.
2. Some of my classmates **have their lovers**.

▽ 精闢解析，別再誤用！

學生之間談戀愛、交往男女朋友，這種朋友關係可以叫做 boyfriend（男朋友）或者 girlfriend（女朋友）。而 lover 則指成年人之間的親密關係，有「情人」的意思，我們在和外國人談話的時候，這個詞語要慎重使用，它有很隱晦的含義。

Answer **第 1 句才是正確的英文說法。**

083 fare / fee

Q 去臺北的客運票價是多少？

1. What's the bus **fee** to Taipei?
2. What's the bus **fare** to Taipei?

▽ 精闢解析，別再誤用！

在英語中，fare 和 fee 都有費用的意思，但用法各有不同。fare 多指公定的價錢，如乘坐交通工具（公共汽車、輪船、地鐵等）的票價；而 fee 多是付給個人、私人機構的錢，一般指給醫生、私人教師、律師等人的服務費或酬金。

Answer **第 2 句才是正確的英文說法。**

084 employee / worker

Q 由於財務危機，這家公司即將裁掉超過三成的「員工」。

1. The company is going to lay off 30 percent of **employees** due to the financial crisis.
2. The company is going to lay off 30 percent of **workers** due to the financial crisis.

▽ 精闢解析，別再誤用！

employee 及 worker 都可作「員工」解，但 employee 指公司所僱用的所有長期僱員，而worker 則偏向指以勞力工作的「勞動者、工人」或「工作者」。另一個類似的名詞為 laborer（勞工）。

Answer **第 1 句才是正確的英文說法。**

085 female / woman

Q 警方正在追查一名年約四十歲的白人「女性」。

1. The police are tracking down a white **female** aged about 40.
2. The police are tracking down a white **woman** aged about 40.

▽ 精闢解析，別再誤用！

female 和 woman 都有女性的意思，在一般情況下如果是指女人就要用 woman 這個字，使用 female 通常帶有歧視的味道。值得注意的是在現今科學研究、尋人啟事以及警方通緝資料裡，通常會以 female 代替 woman。

Answer 第 1 句才是正確的英文説法。

086 festival / holiday

Q 每年「坎城影展」都會吸引無數人來到南法。

1. Every year **the Cannes Film Festival** attracts a large number of people to Southern France.
2. Every year **the Cannes Film Holiday** attracts a large number of people to Southern France.

▽ 精闢解析，別再誤用！

festival 一般來說有兩個意思：首先就是宗教的節日；另一個則是地方性定期舉行的音樂節或是電影節。而 holiday 指的是一般的公共假日或國定假日，或是上班族的休假日。當我們説度假時，會用 on holiday 而不是 on festival。

Answer 第 1 句才是正確的英文説法。

087 figure / feature

Q 以她的年齡來説，她的「身材」真是玲瓏有緻。

1. She has a lovely **figure** for her age.
2. She has a lovely **feature** for her age.

▽ 精闢解析，別再誤用！

figure 指的是一個人的體態和身材，例如：維持良好體態（keep someone's figure）。而feature 則是指某地的特色或某件事情的關鍵，例如：美食就是台灣生活的特色（food is the feature of life in Taiwan）。

Answer 第 1 句才是正確的英文説法。

088 fire / flame

Q 數人在那場可怕的「火災」中死亡。

1. Several people died in that terrible **fire**.
2. Several people died in that terrible **flame**.

▽ 精闢解析，別再誤用！

許多人將 fire 和 flame 兩字混淆。fire 指的是火，常見的片語有：故意或非故意的引起火災（set fire）、著火（catch fire）。而 flame 則是指火焰，in flames 也有著火的意思。但是在上述句型中的火災，就只能用 fire。

Answer 第 1 句才是正確的英文說法。

089 ground floor / first floor

Q 當我住在紐約時，我住大樓的「第一層」。

1. When I was in New York, I lived on **the ground floor** of the building.
2. When I was in New York, I lived on **the first floor** of the building.

▽ 精闢解析，別再誤用！

在美式英語裡，一棟大樓或是房子地面的一層叫做 first floor，但是在英式英語裡，大樓地面的一層稱為 ground floor，再往上一層才稱之為 first floor。而在一般飯店裡，第一層樓通常為大廳（lobby）。

Answer 第 2 句才是正確的英文說法。

090 flight / flying

Q 快點，我不想錯過我的「航班」。

1. Hurry, I don't want to miss my **flight**.
2. Hurry, I don't want to miss my **flying**.

▽ 精闢解析，別再誤用！

在英文中 flight 與 flying 兩字都有飛行的意思，前者可以用來說明動物（鳥的首次飛翔 the bird's first flight）或飛機的飛行，但是後者是單指搭乘飛行器旅行或是運動。要注意的是如果是指飛機的航程、航班，就只能用 flight。

Answer 第 1 句才是正確的英文說法。

091 foam / bubble

Q 這位客人對於他的啤酒上的「泡沫」量不是很滿意。

1. The customer is not happy about the amount of **foam** on his beer.

2. The customer is not happy about the amount of **bubble** on his beer.

▽ 精闢解析，別再誤用！

foam 與 bubble 兩字很接近。foam 其實是由許多極微小的 bubble 所組成的，例如：泡沫滅火器，或是海棉床墊。而 bubble 這個字可以用在風險極高或是很容易幻滅的事物上，例如：泡沫經濟（economic bubble）。

Answer 第 1 句才是正確的英文說法。

092 freezer / cooler

Q 冰淇淋必須馬上放在「冷凍庫」冰凍起來。

1. The ice cream needs to be stored in the **freezer** right away.

2. The ice cream needs to be stored in the **cooler** right away.

▽ 精闢解析，別再誤用！

要分辨 freezer 和 cooler 兩字其實不難。從字面上看 freezer 就是把東西 freeze（冷凍）起來的設備，例如：商店的冷藏箱（chest freezer）。而 cooler 就是讓東西維持 cool（冰涼的）的設備，英式英語稱為 cool bag（保冷袋）／cool box（保冷箱）。

Answer 第 1 句才是正確的英文說法。

093 gate / door

Q 還好「大門」是關上的，要不然牛隻早就走到外面去了。

1. The **gate** is closed; otherwise, the cows would've wandered out to the field.

2. The **door** is closed; otherwise, the cows would've wandered out to the field.

▽ 精闢解析，別再誤用！

gate 和 door 都有門的意思，但 gate 通常指的是有柵欄的大門或是讓動物出入的圍欄大門，及機場的登機門（gate number 25）。而 door 就是指一般讓人出入的門，例如：送人到門口（show you to the door）。

Answer 第 1 句才是正確的英文說法。

094 stare / gaze

Q 她「凝視著」窗外。

1. She fixed her **stare out** the window.
2. She fixed her **gaze out** the window.

▽ 精闢解析，別再誤用！

gaze 和 stare 兩字都有注視的意思，但這兩種注視方式非常不同。通常 gaze 所代表的是無意識的凝視，或是帶著崇拜，情感或是讚賞的眼神。而 stare 則是由於驚奇、恐懼、或是生氣而睜大眼睛的注視，例如：茫然的注視（blank stare）。

Answer 第 2 句才是正確的英文説法。

095 glance / glimpse

Q 他「很快的看了一下」他的手機，看有沒有任何訊息。

1. He **took a glance** at his mobile phone to see if there were any text messages.
2. He **took a glimpse** at his mobile phone to see if there were any text messages.

▽ 精闢解析，別再誤用！

glance 和 glimpse 都有「瞥見」的意思。但是前者指的是「非常短暫的看了一眼」，例如：乍看之下（at first glance）。而後者則是「偶然一瞬間看見的」，例如：走在街上偶然看到某人（catch a glimpse of someone）。

Answer 第 1 句才是正確的英文説法。

096 honor / glory

Q 在月光下，艾菲爾鐵塔顯得特別「光彩奪目」。

1. The moonlight showed the Eiffel Tower in all its **honor**.
2. The moonlight showed the Eiffel Tower in all its **glory**.

▽ 精闢解析，別再誤用！

在英文中 glory 和 honor 都有榮譽的意思，但是 glory 還有光輝的意思，所以上述句中，要用 glory 這個字。而 honor 這個字也有個人名譽的意思，所以 I give my word of honor. 就有用個人名譽擔保的意思。

Answer 第 2 句才是正確的英文説法。

097 goal / target

Q 妳要把球踢進「球門」。

1. You need to kick the ball into the **goal**.
2. You need to kick the ball into the **target**.

▽ 精闢解析，別再誤用！

一般來說，goal 和 target 兩字在商場上或是個人生涯上都有目標的意思。比較容易混淆的是當我們說球類運動的球門（足球、手球）時，不能用 target 而要用 goal 這個字。而講到射擊時的標的物，或敵人攻擊目標，就會使用 target 這個字。

Answer 第 1 句才是正確的英文說法。

098 gossip / rumor

Q 這些女人就愛坐在一起討論人家的「私事」。

1. These women love to sit together and talk about other people's **gossip**.
2. These women love to sit together and talk about other people's **rumor**.

▽ 精闢解析，別再誤用！

乍看之下 gossip 和 rumor 似乎是同義字。其實 gossip 是特別指關於別人隱私的閒話，通常會被加油添醋，不一定是事實；而愛講人閒話挑撥是非的人也稱為 gossip。rumor 則是指大家口耳相傳並未經過證實的訊息或謠傳。

Answer 第 1 句才是正確的英文說法。

099 headphones / headset

Q 客服部人員正戴著「頭戴式電話耳機」接聽電話。

1. The customer service agent is answering phone calls with her **headset**.
2. The customer service agent is answering phone calls with her **headphones**.

▽ 精闢解析，別再誤用！

雖然 headphones 有 phone 這個字尾，並不代表它跟電話有關。事實上它是聽音樂時用的耳機，例如：a pair of headphones。而 headset 是附有擴音器的頭戴式電話耳機，戴上它可以免除手持聽筒的不方便。

Answer 第 1 句才是正確的英文說法。

100 guilt / crime

Q 陪審團無法證明他「有罪」。

1. The jury couldn't prove his **guilt**.
2. The jury couldn't prove his **crime**.

▽ 精闢解析，別再誤用！

guilt 和 crime 這兩個字的中文意思都有罪行的含意，所以容易誤用。但是 crime 指的是違規的事項，例如：殺人、強盜等罪。而 guilt 為被判定有罪的這項事實。現實生活中，一個犯了某種 crime 的人在審判之後，不一定會被判有罪。

Answer 第 1 句才是正確的英文說法。

101 highway / freeway

Q 在「公路」上我們不能開太快。

1. We are not allowed to drive too fast on the **highway**.
2. We are not allowed to drive too fast on the **freeway**.

▽ 精闢解析，別再誤用！

因為 highway 有 high 這個字做字首，常被誤認為是高速公路。但其實 highway 指的是一般連接城市與城市間的公路，而 freeway 也不是 free 免費的，它是我們一般認知的高速公路，在很多國家需要付費。高速公路在英式英語中則稱為 motorway。

Answer 第 1 句才是正確的英文說法。

102 home / house

Q 在工作一整天之後，我只想「回家」。

1. After a long day of work, I just want to **go home**.
2. After a long day of work, I just want to **go to my house**.

▽ 精闢解析，別再誤用！

雖然 home 和 house 都是家的意思，但兩者的意思是不一樣的。house 是建築物的部分，而 home 則是指居住的地方。也就是說，每個人都有一個 home，不管你是住在 house 或是公寓（apartment），或是大廈（mansion）。

Answer 第 1 句才是正確的英文說法。

103 hotel / hostle

Q 為了這次的假期,他們已經訂好了一家五星級的「旅館」。

1. They have booked a five-star **hotel** for their vacation.

2. They have booked a five-star **hostel** for their vacation.

▽ 精闢解析,別再誤用!

hotel 和 hostel 都是準備給旅人住宿的地方,但是 hotel 是提供給一般旅客住宿的,而 hostel 則是特別為了學生或是年輕人所準備的廉價旅社,有時一間房間會有互不認識的旅客同住,但因為價錢低廉還會設有廚房供年輕旅客使用,所以很受學生歡迎。

Answer 第 1 句才是正確的英文說法。

104 housewife / housekeeper

Q 「女管家」去度假了,所以我媽媽得自己燙這件洋裝。

1. The **housekeeper** is on vacation, so my mom has to iron the dress by herself.

2. The **housewife** is on vacation, so my mom has to iron the dress by herself.

▽ 精闢解析,別再誤用!

housewife 指的是沒有在外工作,而在家裡負責料理家務的家庭婦女。而 housekeeper 指的是以處理別人家務為職業的女管家。housewife和 housekeeper 所做的工作都可以稱為 housekeeping(家務),或是 housework(家事)。

Answer 第 1 句才是正確的英文說法。

105 posture / pose

Q 一個人的「姿勢」會影響他的健康。

1. One's **posture** will affect one's health.

2. One's **pose** will affect one's health.

▽ 精闢解析,別再誤用!

posture 通常指的是一個人的體態和姿勢(站、坐、走路等),例如:直立的站姿(upright posture)。而 pose 則是指供人照相或畫畫時所擺出的各種姿勢。pose 同時也有貶義的意思,例如:裝腔作勢的舉動(it's just a pose)。

Answer 第 1 句才是正確的英文說法。

106 individual / person

Q 在一個社會中，「個人」權力才是最重要的權力嗎？

1. Are the rights of the **individual** the most important rights in a society?
2. Are the rights of the **person** the most important rights in a society?

▽ 精闢解析，別再誤用！

individual 跟 person 都有「個人」的意思，常常被互相替代，但如果要特別強調的是一個獨立的個體、一個與眾不同的人，就會使用 individual 這個字，例如：一群人中，某個人受了極高的教育（a well-educated individual）。

Answer 第 1 句才是正確的英文說法。

107 informant / informer

Q 靠著「線民」的協助，警方才能夠追查到嫌犯。

1. With the **informer**'s help, the police were able to track down the suspect.
2. With the **informant**'s help, the police were able to track down the suspect.

▽ 精闢解析，別再誤用！

大部分的人認為 informant 和 informer 是同義字，也就是告密者。但嚴格說起來 informant 是協助警方向警方密報不法之事的人，以及在當地熟悉地方語言、風格的線民。而 informer 通常是為了錢而向警方告密的人。

Answer 第 2 句才是正確的英文說法。

108 introduction / foreword

Q 這本小冊子是一本很好的烹飪「入門書」。

1. This little book is a very good **introduction** to cooking.
2. This little book is a very good **foreword** to cooking.

▽ 精闢解析，別再誤用！

introduction 的意思是介紹，它所涵蓋的範圍比 foreword 大得多，舉凡引進一項新的產品、介紹一個人，或是一本書的引言都可以用 introduction 這個字。而 foreword 指的是一本書由非作者本人所寫的序言。

Answer 第 1 句才是正確的英文說法。

109 jail / prison

Q 嫌犯將會被短暫的關在「看守所」。

1. The suspect will be locked up in the **jail** for a short period of time.

2. The suspect will be locked up in the **prison** for a short period of time.

▽ 精闢解析，別再誤用！

日常生活中 jail 和 prison 這兩個字常被認為是同義字，但是就法律的觀點，兩者並不相同。在美國 jail 的意思是「地方性的看守所」，通常由郡負責管轄，犯人在此被拘留的時間較短。而 prison（監獄）是由州負責管轄，犯人所待的時間較長。

Answer 第 1 句才是正確的英文說法。

110 journey / trip

Q 打包足夠的衣服，這將會是一趟長達二十天的「旅程」。

1. Pack enough clothes; it's going to be a twenty-day **journey**.

2. Pack enough clothes; it's going to be a twenty-day **trip**.

▽ 精闢解析，別再誤用！

字典裡 journey 和 trip 的解釋幾乎相同，但在用法上還是有差異。如果是短暫的旅行（一至兩天），就用 trip 這個字；如果旅行的時間較長，就使用 journey。journey 也常用來比喻一段歷程，例如： a spiritual journey（心靈之旅）。

Answer 第 1 句才是正確的英文說法。

111 limit / limitation

Q 這裡的時速「限制」是每小時 90 公里。

1. The speed **limitation** here is 90km/h.

2. The speed **limit** here is 90km/h.

▽ 精闢解析，別再誤用！

英文裡的 limit 和 limitation 意義實在非常相近，兩者都有能力極限的意思，例如：one's limits／limitations（一個人的能力極限）。不過 limit 也跟法規的限制有關，例如：開車的限速（speed limits），或是信用額度（credit limit）。

Answer 第 2 句才是正確的英文說法。

112 illustration / demonstration

Q 第三頁的「圖解」上顯示了應該要有 15 個螺絲釘。

1. The **illustration** on page 3 shows that there should be 15 screws.
2. The **demonstration** on page 3 shows that there should be 15 screws.

▽ 精闢解析，別再誤用！

illustration 是演講者或是書裡（說明書、研究報告）做為講解用的圖表或插圖。而demonstration 則是演講者藉由實際操作和講解來幫助聽眾了解的方式，例如：推銷烤肉架的推銷員以現場烤肉的方式讓顧客了解操作方法。

Answer 第 1 句才是正確的英文說法。

113 premiere / premier

Q 蘇聯「總理」是 Dmitry Medvedev。

1. The Russian **premiere** is Dmitry Medvedev.
2. The Russian **premier** is Dmitry Medvedev.

▽ 精闢解析，別再誤用！

premier 和 premiere 這兩個字太相像了。只是結尾多了一個 e，意思就完全不一樣了。英文中以 pre 為字首的字有「在……之前、預先」的意思。premier 指的是一個國家的總理或稱首相，而 premiere 則是指電影的首映，為法文。

Answer 第 2 句才是正確的英文說法。

114 expert / specialist

Q 這個醫生是癌症方面的「專家」。

1. The doctor is a cancer **expert**.
2. The doctor is a cancer **specialist**.

▽ 精闢解析，別再誤用！

expert 和 specialist 兩字都有專家的意思，但是 expert 可以泛指有特殊經驗或知識的人。當我們要形容一個某種疾病方面的醫療權威時，會使用 specialist 這個字。上述例子當中，治療癌症的專家要使用 specialist 這個字。

Answer 第 2 句才是正確的英文說法。

115 technique / technology

Q 為了讓他們的「技巧」更進步，舞者們必須每天練習。

1. The dancers have to practice every day in order to improve their **technique**.

2. The dancers have to practice every day in order to improve their **technology**.

▽ 精闢解析，別再誤用！

technique 和 technology 都有技術的意思，前者所指的是在藝術、文學、運動等方面的技能。而 technology 則是指在科學、工業或是技術設備上的專門知識，所以像理工學院就是 Institute of Technology。

Answer 第 1 句才是正確的英文説法。

116 use / usage

Q 我不在的時候，我不讓他「開」我的車。

1. I didn't give him the **use** of my car while I was away.

2. I didn't give him the **usage** of my car while I was away.

▽ 精闢解析，別再誤用！

在一般的情況下，use 和 usage 都有「使用」的意思，不能互換使用的地方是，如果強調的是使用權或使用能力，則只能用 use。同時 usage 也代表在語言上的習慣用法，例如：現代英語的慣用法（modern English usage）。

Answer 第 1 句才是正確的英文説法。

117 view / sight

Q 她窗外的「景致」是難以形容的。

1. The **sight** from her window is beyond words.

2. The **view** from her window is beyond words.

▽ 精闢解析，別再誤用！

view 指的是一個人從某個位置可以看到的視野或景象，例如：window view（窗景）。而 sight 則是一個人視力及視線範圍的意思，例如：get out of my sight（滾出我的視線），就不能用 get out of my view。

Answer 第 2 句才是正確的英文説法。

118 warrant / warranty

Q 警方持「搜索令」搜查他的住處。

1. The police came to search his house with a **warrant**.
2. The police came to search his house with a **warranty**.

▽ 精闢解析，別再誤用！

warrant 和 warranty 指的是兩種完全不一樣的文件。首先 warrant 是法院授權警方採取行動的文件，例如：search warrant（搜索令）。而 warranty 則是買東西時產品所附的保證書，保證一定期限內免費維修的服務。

Answer 第 1 句才是正確的英文用法。

119 reserve a table / seat

Q 我已經告訴約翰為今天的晚餐「訂位」了。

1. I've told John to **reserve a table** for the dinner tonight.
2. I've told John to **reserve a seat** for the dinner tonight.

▽ 精闢解析，別再誤用！

英語表達「在餐廳或者飯館訂座位」時要用 reserve a table，表示需要預約「飯桌」，而 reserve a seat 是指「在飛機、火車或者劇院等（任何只和座位有關的場所）預訂座位」。

Answer 第 1 句才是正確的英文說法。

120 cost / price

Q 店主給了我們最低的價格。

1. The storekeeper gave us the lowest **price**.
2. The storekeeper gave us the lowest **cost**.

▽ 精闢解析，別再誤用！

cost 和 price 雖然都有「價格、價錢」的意思，但 cost 一般指「製造成本」，而 price 指「購買商品所支付的價錢」。所以例句中我們會以客人的立場，說店家給我們最低的「購買價格」，而不是最低的成本。

Answer 第 1 句才是正確的英文說法。

好不容易學完一個單元，先別急著開始新的學習，試試自己熟練了沒？
重點不是學多少，而是記住多少！

選擇題（I）哪一個才是正確的？

001. The engineer needs a computer with a good graphics **ability / capability**.
工程師需要一台製圖能力很好的電腦。

002. That's the most important reason to cause her **committed suicide / suicide**.
那是造成她自殺的最重要的原因了。

003. John began **school / academy** at the age of 6.
約翰從六歲開始上學。

004. My mom is displeased by my **tone / accent** of voice.
我媽媽不喜歡我說話的語氣。

005. Did you hear the **voice / sound** upstairs?
你聽到樓上的聲音了嗎？

006. He would do everything to **success / succeed**.
他為了成功，什麼都願意做。

007. If you have no question about this plan, we'll make **arrangement / arrangements** for you.
如果您對這個計畫沒有異議的話，那我們就為您作安排了。

008. Can you offer me **a drink / sommething to drink**, please?

可以給我一杯（含酒精的）飲料嗎？

009. He has so many interesting **experience / experiences** in his trip in Europe.

他在歐洲的旅行中有許多有趣的經歷。

010. My best friend bought me **a piece of furniture / furniture** as the housewarming gift.

我最好的朋友送我一件家具作為喬遷的禮物。

011. How many **score / points** did you get on your test?

你測驗考了多少分？

012. We arrived there without further **incident / accident**.

我們順利到達那裡，沒有發生什麼不尋常的事。

013. The government tries to provide affordable **housing / accommodation**.

政府試著提供民眾負擔得起的住宅。

014. She gives no **explanation / account** for her absence.

她對於她的缺席沒有給予任何解釋。

015. The child was crying with **pain / ache** after he fell off the bike.

這個小孩從腳踏車跌下來後就疼得大哭。

016. I have known her for years, and she is really a good **friend / acquaintance** of mine.

我已經認識她好多年了，而且她真的是我的好朋友。

017. The decision is a costly **venture / advanture**.

這個決定是一個很大的風險。

018. Who is going to be your **deputy / agent** when you are away?

你不在時，誰是你的代理人？

019. Can you find British **Isles / Aisle** on the map?

你可以找到不列顛群島在地圖上的位置嗎？

020. A(n) **amateur / novice** swimmer just joined our club.

一個游泳新手剛剛加入了我們的俱樂部。

021. The husband who lost his wife has suffered **anxiety / depression** for ages.

這位失去了妻子的丈夫已經患有憂鬱症多年了。

022. The accident brings the **amount / number** of deaths to 30 this year.

這場意外讓今年的死亡人數增加為30人。

023. The newest **analyst / analyzer** is able to sample multiple data in no time.

最新的資料分析儀能非常迅速的抽樣多種數據。

024. He works in a local firm of **architect / builders**.

他在本地的一家建築公司工作。

025. There are some new buildings under **architecture / construction** in the city center.

在市中心有幾棟新的建築物正在興建。

026. Can someone call in the police to stop the **fight / conflict**?

有人可以報警前來制止這場打鬥嗎？

027. The students have got to finish an **essay / article** about The Great Depression by next Tuesday.

學生們得在下星期二之前完成一篇關於大蕭條的文章。

028. I couldn't see the license plate because that car raised a cloud of **ashes / dust**.

我無法看清車牌號碼，因為那台車揚起了一陣塵土。

029. The **assembly / meeting** is going to be held in room 237.

這次的會議將在237號房舉行。

030. Some parents are not happy about the final **assessment / evaluation**.

有些家長對於最後的評比不甚滿意。

031. It's important that everyone in the family takes our life **insurance / assurance** .

家中的每一個人都加入保險是很重要的一件事。

032. The sport center provides many **athletics / activities** for kids at different ages.

運動中心為不同年齡的孩子準備了不同的活動。

033. He is well-known in the **atmosphere / sphere** of literature.

他在文學界是非常有名的。

034. It was never my **intention / attention** to make her worry.

我從來沒有讓她擔心的意思。

035. Have you read the **autobiography / biography** of Steve Jobs?

你有看過賈伯斯的傳記嗎？

036. She will become a good doctor because she has a **vocation / avocation** for helping people.

她會成為一個優秀的醫生因為她很擅於幫助別人。

037. As a(n) **award / reward** for finding the missing dog, the child got a bike.

這個小孩得到了一台腳踏車作為他找到走失小狗的報償。

038. This restaurant is known for its wine **basement / cellar** .

這家餐廳是以它的酒窖出名的。

039. Please try to be your best **behavior / behalf** in the church.

在教堂裡請試著表現得體。

040. Is "Coca Cola" a registered **trademark / brand**?

「Coca Cola」是一個註冊商標嗎?

041. She showed remarkable **bravery / courage** when she heard the news about her illness.

當她聽到關於她病情的消息時,她展現了過人的勇氣。

042. Don't forget to label all our **suitcases / briefcase** before we check in.

別忘了在辦理登機手續前將我們所有的行李貼上標籤。

043. It is the English **Canal / Channel** that separates England and France.

把英法兩國分隔開來的是英吉利海峽。

044. The bank **tellers / cashiers** have been busy all morning.

銀行的收納員已經忙了一整個早上了。

045. The house is built with reinforced **cement / concrete**.

這棟房子是以鋼筋混凝土蓋成的。

046. The current political **situation / circumstances** makes people worry.

目前的政治局勢讓人憂心。

047. After many years of hard work, John finally received his **diploma / certificate**.

經過多年的努力,約翰終於拿到了他的學位。

048. I don't know any other **residents / citizen** living in this building.

我不認識這棟大樓的其他住戶。

049. The Adventures of Tintin is my favorite series of **comedy / comic** books.

丁丁歷險記是我最喜歡的漫畫書系列。

050. **Comment / Criticism** doesn't seem to bother him at all.

負面的評論似乎一點也不讓他困擾。

051. His job is to check the quality of the finished **commodity / products**.

他的工作是檢查製成品的品質。

052. He will try everything to make sure that his **competitor / opponent** does not stand a chance.

他會盡一切力量確保他的對手毫無致勝的機會。

053. Thank you for your **compliments / complement**.

謝謝你的讚美。

054. It's not fair that the reporter quoted the professor's remarks out of **content / context**.

這個記者斷章取義地引用教授所說的話實在是有失公平。

055. It's still quite cold in the morning, but **in contray / in contrast** it might be very hot during the day.

早上仍然很冷，但相對來說白天天氣可能非常熱。

056. **Customers / Consumers** need to stand up for their rights.

消費者必須主動爭取他們的權益。

057. Living in the **countryside / suburb** would be ideal for the couple.

對這對夫妻來說要是能住在郊區實在是太理想了。

058. We can't make a decision without further **data / information** .

沒有更進一步的資料，我們無法做決定。

059. The **deadline / dateline** is an imaginary line on the surface of the earth.

國際換日線是一條地球表面虛構的線。

060. My father wants to negotiate with the seller by himself because he doesn't trust a **broker / dealer** .

我父親想要親自跟賣家協商，因為他不信任掮客。

061. The name of the patient will not be published, at the **demand / request** of the doctor.

依照醫生的要求，病人的姓名將不會被公開。

062. Don't over spend money with your **credit card / debit card**.

不要拿著你的信用卡過度消費。

063. Certain **deed / behaviors** will cause you a lot of trouble.

某些行為會給你帶來很多的麻煩。

064. What are we going to have for **desert / dessert** ?

我們今天要吃什麼甜點？

065. Reading too much **disinformation / misinformation** has caused more confusion.

閱讀太多的錯誤資訊造成了更多的困惑。

066. His mother is concerned about his **disease / illness**.

他的母親很擔心他的病情。

067. Isn't the **dosage / dose** of three tablets three times a day too much for a little child?

對一個小孩來說一天三次，一次三顆藥片的劑量不會太多嗎？

068. What's your **emotion / feeling** over this issue?

你對這件事有什麼想法？

069. The movie was great, but I didn't like the **end / ending** .

這部電影很好看，但我不喜歡它的結局。

070. Your **employer / employee** should be responsible for your injury.

你的雇主應該要為你的傷勢負責。

071. I thought she didn't have much **endurance / tolerance** for cold weather.

我以為她完全無法容忍寒冷的天氣。

072. The **energy / power** of her tennis serve is one of her strengths.

她網球發球的威力是她的強項之一。

073. Is this lawn mower driven by an electric **engine / motor**?

這台除草機是用電動機發動的嗎？

074. She made **an entrance / an entry** in her diary before she went to bed.

在睡覺前，她寫了一篇日記。

075. The telephone has a second-line **equipment / facility** .

這支電話有插播顯示功能。

076. Stop blaming her. I don't think it's her **error / fault**.

不要再怪她了，我不覺得這是她的錯。

077. He just left without giving any **excuse / reason**.

他什麼理由也沒說就離開了。

078. What winter **sports / exercise** do you do?

你有從事什麼冬季運動項目嗎？

隨堂小測驗

079. The **fake / imitation** looks cheap.

這個仿製品看起來好廉價。

080. **Fate / Fortune** smiled on their business.

他們的生意興隆。

081. They've been **boyfriend and girlfriend / lovers** for years.

他們是多年的情侶了。

082. She was too poor to afford the doctor's **fare / fee**.

她太窮了以至於沒辦法負擔看醫生的費用。

083. The factory **employee / workers** decided to go on a sit-down strike for more reasonable pay.

工廠工人決定舉行靜坐罷工，以爭取較合理的工資。

084. She is definitely one of the greatest **females / women** I have ever met.

她絕對是我見過最了不起的女性之一了。

085. Next Monday is a **festival / holiday**.

下星期一是國定假日。

086. Buying a house with unusual architectural **figures / features** is my dream.

買一棟有特殊建築風格的房子是我的夢想。

087. The room went dark when the candle **fire / flame** went dead.

當燭光熄滅時，房間一下子變暗了。

088. Living on the **ground floor / first floor** is very convenient for the elderly.

對老年人來說，住在一樓真的很方便。

089. I don't mind **flight / flying**, as long as I can reach my destination.

只要我能到達目的地，我不介意飛行。

090. Blowing **foam / bubbles** is her favorite when the weather is good outside.

戶外天氣好的時候她最喜歡的就是吹泡泡。

091. They have a really nice wine **freezer / cooler** in their cellar.

他們在酒窖裡有一個很棒的冰酒器。

092. Will you answer the **gate / door** for me?

你幫我去開一下門好嗎？

093. Why are you all looking at me with accusing **stares / gaze**?

你們為什麼都用指責的眼神盯著我？

094. The old lady only caught a **glance / glimpse** of him, so she couldn't really identify the thief.

這位老太太只瞥見那人一眼，所以她無法確實指認出那個小偷。

095. He is a man of **honor / glory**.

他是一個品德高上的人。

096. The police man fired at him, but missed the **goal / target**.

警察對他開了槍，但沒擊中目標。

097. **Gossip / Rumor** has it that Elvis is still alive.

有謠言說貓王仍然活著。

098. I believe that he didn't commit the **guilt / crime** of murder.

我相信他沒有犯下殺人罪行。

099. Put on your **headphones / headset** if you want to listen to music in public places.

如果你想要在公共場合聽音樂，就戴起你的耳機吧。

隨堂小測驗

100. I am quite nervous about driving on the **highway / freeway** in Germany.

在德國的高速公路開車讓我挺緊張的。

101. We finally sold the old **home / house** and got ready to move to the city.

我們終於賣了我們的老房子，並且準備好搬到市區了。

102. The youth **hotel / hostel** we stayed during our trip was simple but clean.

我們行程中所待的青年旅舍很簡單，但是很乾淨。

103. The **housewives / housekeeper** in the neighborhood bring their babies to the park every afternoon.

這附近的家庭主婦在下午時會帶著他們的寶寶到公園玩。

104. Hold that **posture / pose**. You look great this way.

保持那個姿勢，妳這樣看起來好美。

105. I like her as a(n) **individual / person**, but I don't think she is a good singer.

我蠻喜歡她這個人的，但我不覺得她是一個好的歌手。

106. The police don't trust the **informant / informer** because he only works for money.

警方並不信任這個告發者，因為他只是為了錢工作。

107. The person who wrote the **introduction / foreword** for this book is the writer's former colleague.

為這本書寫序言的人是作者之前的同事。

108. Both of the brothers were sentenced to **jail / prison** for robbery.

這兩兄弟都因為搶劫而入獄了。

109. I would love to take a **journey / trip** for a weekend.

我很樂意在周末時出遊。

110. It's a good mountain bike, but it has its **limit / limitations**.

這是一台很不錯的越野單車,但是還是有它自身的侷限。

111. The salesperson in the supermarket gave us a(n) **illustration / demonstration** of the vacuum cleaner to show how it worked.

超市的推銷員為我們示範,說明如何操作這台吸塵器。

112. The movie will have its world **premiere / premier** next Saturday.

這部電影將會在下周六舉行世界首映。

113. I am not an **expert / specialist** at solving people's problems, but I know she should stop spending so much money.

我不是幫人家解決問題的專家,但我知道她應該停止過度消費。

114. Modern **technique / technology** has taken our lives to the next level.

現代科技已經將我們的生活帶領到另一個境界了。

115. There are many differences in **uses / usages** of American English and British English.

美式英語和英式英語的慣用法有很多不同處。

116. Unfortunately, he lost his **view / sight** at a very young age.

不幸的是,他在很年輕的時候就失去了視力。

117. Is your car still under **warrant / warranty**?

你的車子還在保固期內嗎?

118. The price of the flight ticket could be lower as long as we reserve a **seat / table** earlier.

只要提早訂位,就可以較便宜的價格買到機票。

隨堂小測驗

119. The point is how to save the **cost / price** of products.

問題關鍵是如何節省產品的成本。

選擇題（Ⅱ）選出正確的句子。

001. 那女人的口音告訴我們她是北方人。

□ The woman's **accent** tells us that she is from the North.
□ The woman's **tone** tells us that she is from the North.

002. 那些背包客正在找過夜的住處。

□ Those backpackers are looking for overnight **accommodations**.
□ Those backpackers are looking for overnight **housing**.

003. 你對車禍的描述與目擊者的說法差異很大。

□ Your **account** of the car accident is very different from the witness's.
□ Your **explanation** of the car accident is very different from the witness's.

004. 我的頭痛快把我折磨死了。

□ The **pain** in the head is killing me.
□ The **ache** in the head is killing me.

005. 因為我下週休假，我的代理人將代表我出席會議。

□ Since I'll be on leave next week, my **agent** will attend the meeting on behalf of me.
□ Since I'll be on leave next week, my **deputy** will attend the meeting on behalf of me.

006. 我懷疑他來訪的目的。

□ I'm suspicious of the **goal** of his visit.
□ I'm suspicious of the **intention** of his visit.

007. 那位成功的企業家將在退休後開始寫自傳。

☐ The successful entrepreneur will start writing his **biography** after he retires.

☐ The successful entrepreneur will start writing his **autobiography** after he retires.

008. 我下週會出外度假。

☐ I'll be out of town on **holiday** next week.

☐ I'll be out of town on **festival** next week.

選擇題（I）解答＆重點解析

001. Answer capabilty

學習重點 「辦事」能力、技術。

002. Answer suicide

學習重點 表示「自殺」時，**suicide** 多為名詞。

003. Answer school

學習重點 一般學生接受教育的場所。

004. Answer tone

學習重點 說話的「語氣、口吻」。

005. Answer sound

學習重點 事、物發出的聲響 → **sound**；人「說話」的聲音 → **voice**。

006. Answer succeed

學習重點 **success** 為名詞，其動詞為 **succeed**。

007. Answer arrangements

學習重點 一定要為複數形式 **arrangements**。

008. Answer a drink

學習重點 drink 常指「酒精性飲料」；something to drink 才表示「一般飲料」。

009. Answer experiences

學習重點 表示「經歷」→ experiences；表示「經驗」→ experience。

010. Answer a piece of furniture

學習重點 furniture 為不可數名詞，單位量詞「一件」用 a piece of。

011. Answer point

學習重點 point 為可數名詞，可用於詢問分數幾分。

012. Answer incident

學習重點 「不常發生，而且比較不尋常的」事件。

013. Answer housing

學習重點 有各式各樣的房子，但是住宅的統稱為 housing。

014. Answer explanation

學習重點 為事件提出說明，以釐清因果 。

015. Answer pain

學習重點 突然遭遇、精神或身體上的的「巨大」不適或痛苦。

016. Answer friend

學習重點 指「交情較深」，有共同興趣、嗜好 。

017. Answer venture

學習重點 「商業」冒險 、有「風險」的投資。

018. Answer deputy

學習重點 公司「職務、職責」的暫時代理人。

019. Answer Isle

學習重點 isle 與 aisle 發音相同，需從文字及上下文判斷意思。

---

020. Answer novice

學習重點 表接觸時間不長，完全沒有經驗

---

021. Answer depression

學習重點 因了無希望，而感到「絕望」的憂傷。

---

022. Answer number

學習重點 計算「可數名詞」的數量。

---

023. Answer analyzer

學習重點 表示待分析的數據資料，或分析用的機器設備。

---

024. Answer builder

學習重點 負責建築物執行的「建造者」。

---

025. Answer construction

學習重點 表示建築「建材、工程」相關 。

---

026. Answer fight

學習重點 「口頭或肢體」衝突，有時動用到武器。

---

027. Answer essay

學習重點 essay 多表示與學術研究相關的報告、短文。

---

028. Answer dust

學習重點 室內家具上所堆積的細小灰塵或是野外的塵土。

---

029. Answer meeting

學習重點 「人數較少」的小型集會。

---

030. Answer evaluation

學習重點 常於 evaluation 後評量出排名、成績。

031. Answer insurance

學習重點 insurance 指表示保費、保險，非日常生活中的「保證」。

032. Answer activity

學習重點 activity 為興趣從事、較無競爭意義的活動。

033. Answer sphere

學習重點 sphere 指球狀體，如地球的「半球」，或某個專業領域。

034. Answer intention

學習重點 intention 指行為的目的、意圖。

035. Answer biography

學習重點 由他人負責從旁記敘、撰寫的傳記。

036. Answer vocation

學習重點 vocation 表示人的職業專長與才能。

037. Answer reward

學習重點 表示因「行善」而受到的回報或報酬。

038. Answer cellar

學習重點 供儲物或藏酒用的地下空間 。

039. Answer behavior

學習重點 behavior 則表示人或動物的「行為、舉止」。

040. Answer trademark

學習重點 未經授權不得使用，強調其品牌性的商標。

041. Answer courage

學習重點 明知危險，仍「克服恐懼」的勇氣。

042. Answer suitcase

學習重點 體積較大、擺放衣物及私人用品的旅行箱 。

043. Answer channel

學習重點 「天然的」海峽、港灣。

044. Answer teller

學習重點 專門指在「銀行」工作的出納員。

045. Answer concrete

學習重點 由水泥（**cement**）與其他建材混合組成的混凝土 。

046. Answer situation

學習重點 **situation** 多表示範圍更大的情勢、狀況。

047. Answer diploma

學習重點 **diploma** 只能單指為畢業文憑，無法代表其他證明文件。

048. Answer resident

學習重點 強調地緣，表示該地區的居民。

049. Answer comic

學習重點 **comic** 不僅代表漫畫，也可表示「喜劇演員」。

050. Answer Criticism

學習重點 **criticism** 指「帶負面意味的評語」，帶指責意味。

051. Answer product

學習重點 由上游的 **commodity** 加工而成的「產品」。

052. Answer opponent

學習重點 **opponent** 除指競爭對手外，亦可表示持「相反意見」者。

053. Answer compliments

學習重點 **compliments** 指「讚美」，兩者發音相同，需靠前後文判斷。

054. Answer context

學習重點 **context** 指決定特定段落確切語意的「前後文」。

055. Answer contrast

學習重點 中性地表示不同時間的「對比差異」。

056. Answer Consumers

學習重點 consumer 除指「消費者」外，亦指「使用商品」者。

057. Answer suburb

學習重點 仍以「都市」為中心、生活機能便利的郊區 。

058. Answer information

學習重點 經計算、分析後的資訊 → information，為不可數名詞。

059. Answer dateline

學習重點 dateline 為「換日線」，兩者發音相似，需注意。

060. Answer broker

學習重點 不直接獲利、賺取交易佣金的掮客。

061. Answer request

學習重點 「有禮貌」的請求 。

062. Answer credit card

學習重點 預支結帳、到帳單日再行繳費的的信用卡 。

063. Answer behavior

學習重點 人、動物的「動作、舉止」。

064. Answer dessert

學習重點 dessert 與 desert 拼字差一個 s，閱讀時請注意。

065. Answer misinformation

學習重點 指未經證實、民間流傳的錯誤訊息。

066. Answer illness

學習重點 強調因疾病引起的不適狀態 。

067. Answer dosage

學習重點 為一帖藥的劑量單位詞。

068. Answer feeling

學習重點 指一個人對事情「主觀的」感受與看法。

069. Answer ending

學習重點 特別表示書、電影的結局。

070. Answer employee

學習重點 相對於受僱者，雇主、資方則相對為 employer。

071. Answer tolerance

學習重點 對外在惡劣環境、條件的承受與寬容。

072. Answer power

學習重點 power 多指控制力、生理肌肉的力量。

073. Answer motor

學習重點 以電力為動力的馬達 。

074. Answer an entry

學習重點 entry 指進入的動作，也可指被記錄下來的條目。

075. Answer facility

學習重點 「大型設施」，或指「內建設備」。

076. Answer fault

學習重點 強調導致錯誤的源頭（人、事物）。

077. Answer reason

學習重點 reason 多表示發生的「原因」，用來解釋事件結果。

078. Answer sport

學習重點 為興趣而作的運動、活動 。

079. **Answer** imitation
學習重點 模仿真品的仿製品，但是顧客知道此為仿製品。

080. **Answer** fortune
學習重點 未來可能發生的機會、運氣。

081. **Answer** lover
學習重點 成年的親密關係，隱喻非正式的情侶關係。

082. **Answer** fee
學習重點 支付「私人機構、個人」的錢 。

083. **Answer** workers
學習重點 以勞力工作的「勞動者、工人」或「工作者」。

084. **Answer** women
學習重點 平常生活中稱呼女人、女性 → woman，複數為 women。

085. **Answer** holiday
學習重點 「有休假的」節日、國定假日。

086. **Answer** feature
學習重點 事物的「特色」、事情的「關鍵」 。

087. **Answer** flame
學習重點 特別指稱「火焰」本身。

088. **Answer** the ground floor
學習重點 一樓的英式說法 → the ground floor，再往上才為 the second floor。

089. **Answer** flying
學習重點 可表示動物飛行，或是人搭乘飛行器。

090. Answer bubbles

　　學習重點 bubble 指「泡泡」，許多的 bubble 可以組成 foam。

091. Answer cooler

　　學習重點 保冷、冷「藏」設備。

092. Answer door

　　學習重點 指一般讓人出入的門。

093. Answer stare

　　學習重點 瞪大眼睛注視，帶有驚奇、恐懼的情緒 。

094. Answer glimpse

　　學習重點 在一瞬間偶然的看見。

095. Answer honor

　　學習重點 honor 則常指「個人名譽」。

096. Answer target

　　學習重點 target 指目標，多指運動或是射擊時的標的。

097. Answer Rumor

　　學習重點 未經證實、被散佈的「謠言」。

098. Answer crime

　　學習重點 crime 指「犯下的罪行」，但不表示已有法律定罪。

099. Answer headphones

　　學習重點 headphone 表示「聽音樂用的耳機」，與「電話」無關。

100. Answer freeway

　　學習重點 高速公路 → 為 freeway，但不一定是免費的。

101. Answer house
學習重點 可供居住的建築物。

102. Answer hostel
學習重點 廉價旅舍、青年旅館 → hostel，客群多為青年、背包客。

103. Answer housewife
學習重點 housewife 指沒有在外工作，專事家務的家庭主婦。

104. Answer pose
學習重點 為照相或藝術特意擺出的姿勢。

105. Answer person
學習重點 指單數的「人」 → person，多不包含其個性特質。

106. Answer informer
學習重點 informer 指為「利益」而告密的人。

107. Answer foreword
學習重點 foreword 多只表示書的序言，不一定有引導書中內容的功能。

108. Answer prison
學習重點 犯人久待的服刑地點。

109. Answer trip
學習重點 「短暫的」、「有目的的」旅行。

110. Answer limitation
學習重點 limitation 指平常的、與法律無關的限制。

111. Answer demonstration
學習重點 實際示範給對方看。

112. Answer premiere
學習重點 premiere 指電影首映會，兩者拼字雷同、發音各異。

113. Answer expert

　　學習重點 **expert** 可以泛指有特殊經驗或知識的人。

114. Answer technology

　　學習重點 **technology** 表「科技、工業方面」的專門知識。

115. Answer usage

　　學習重點 以 **usage** 多代表「語言」上的習慣用法。

116. Answer sight

　　學習重點 **sight** 著重於「視力」及「視線範圍」。

117. Answer warranty

　　學習重點 買東西時附上、表示一定期限內免費維修保證書。

118. Answer seat

　　學習重點 預定飛機「機位」用 **reserve a seat**。

119. Answer cost

　　學習重點 店家上游的進貨成本、製造成本。

選擇題（II）解答＆重點解析

001. Answer 第1句。

　　解析 **accent** 指腔調，或是來自某些地方的特殊鄉音。**tone** 指說話時的語氣或口吻。

002. Answer 第1句。

　　解析 **accommodation** 指暫時棲身的地方。**housing** 則是住宅的統稱。

003. Answer 第1句。

解析 account 指以口頭或書面的方式「描述」人物或事件。explanation 指「解釋」事件發生背後的原因。

004. Answer 第1句。

解析 ache 指持續性的、隱約的疼痛。pain 指的則是突然間身體或精神上感受到的極大痛苦。

005. Answer 第2句。

解析 agent 指代表客戶或是某一家公司處理業務或買賣的代理商。deputy 指的是在公司中暫代主管職務的代理人。

006. Answer 第2句。

解析 goal 指努力做某件事以達成某個目標目的。intention 指做某件事背後的目的意圖。

007. Answer 第2句。

解析 biography 是為他人所寫的傳記，autobiography 是寫自己的傳記，即自傳。

008. Answer 第1句。

解析 festival 指宗教的節日或某地區定期舉行的節慶。而 holiday 指的是一般的公共假日或國定假日，或是上班族的休假日。

CHAPTER

02／代名詞

001 its / it's

Q 凡人皆有得意日。

1. Every dog has **it's** day.
2. Every dog has **its** day.

▽ 精闢解析，別再誤用！

很多人會搞混 its 和 it's 的用法。its 為所有格代名詞，表「它的」，如
I bought this dress because I like its design.（我買這件洋裝是因為我喜歡它的設計。）而 it's 則是 it is 的縮寫式，如 It's not what I want.（這不是我要的東西）。

Answer 第 2 句才是正確英文說法。

002 them / themselves

Q 天助自助者。

1. God helps those who help **themselves**.
2. God helps those who help **them**.

▽ 精闢解析，別再誤用！

句子中 who 引導形容詞子句，修飾先行詞 those，指的是「那些人」。由於前面已經有主詞 those（指 those people），因此後面的受詞若與主詞為相同對象，則必須用反身代名詞來當受格，如 He is talking to himself.（他在自言自語）。

Answer 第 1 句才是正確英文說法。

003 your / yours

Q 這不是我的書。是你的嗎？

1. This is not my book. Is it **your**?
2. This is not my book. Is it **yours**?

▽ 精闢解析，別再誤用！

your 為所有格，是一個形容詞，後面必須接名詞，不能單獨存在。當所談論的對象或物品已經在前文出現過時，後面就應省略對象或物品名稱，避免重複。這時候就會使用所有格代名詞來代替「所有格＋名詞」。如
I have already told you my name. Why don't you tell me yours?（我已經告訴你我的名字，何不告訴我你的？）yours 指的就是 your name。

Answer 第 2 才是正確的英文說法。

004 it / that

Q 我不是那個意思。

1. **It**'s not what I mean.

2. **That**'s not what I mean.

▽ 精闢解析，別再誤用！

這個句子的主詞為已經確定之事，也就是句子後面的 what I mean（我的意思）。所以這個地方的主詞可以用指定代名詞來取代，因此要用 that 而不是 it。相同用法還有 That's not what you think.（事情不是你所以為的那樣。）

Answer 第 2 句才是正確英文說法。

005 you / yourself

Q 請自行取用飲料。

1. Help **yourself** to the drinks.

2. Help **you** to the drinks.

▽ 精闢解析，別再誤用！

這個句子是祈使句，省略了主詞 you。因此在主詞與受詞同為 you 的情況下，動詞後面的受詞必須為反身代名詞才正確。如 Look at yourself in the mirror.（照鏡子看看你自己。）。

Answer 第 1 句才是正確的英文說法。

006 me / I

Q 她跟我一樣高。

1. She is as tall as **I**.

2. She is as tall as **me**.

▽ 精闢解析，別再誤用！

as ＋形容詞原級＋ as … 為兩個名詞間的同級比較，文法正確的句子應為 She is as tall as I am. 以 I am 對應前面的 she is。但是現在口語中已經很少這樣用，多直接用受詞 me 來取代 I am，雖然文法上並不正確，但 me 畢竟為受詞，接在介系詞後尚可為大家所接受，若只有 I 則是絕對錯誤的用法。

Answer 第 2 句才是正確的英文說法。

007 one / someone

Q 他的其中一個同班同學是從英國來的。

1. **One** of his classmates is from the United Kingdom.

2. **Someone** of his classmates is from the United Kingdom.

▽ 精闢解析，別再誤用！

one 與 someone 都是不定代名詞，但是 one 是表示數量的不定代名詞，one of＋複數名詞，即某個群體中的其中一個，但沒指定是哪一個，如 one of my friends 表「我其中一個朋友」。而 someone 則表不指定對象的「某人」。

Answer 第 1 句才是正確的英文用説。

008 one / same

Q 不論他點什麼，我都要來份一樣的。

1. Whatever he has, I'll have **one**.

2. Whatever he has, I'll have the **same**.

▽ 精闢解析，別再誤用！

one 為不指定代名詞中表示「一個」的代名詞，而 same 則是指定代名詞中表示「相同的東西」的代名詞。在本句中，前文 whatever he has 即「無論他有的東西是什麼」，也就是説已經有指定的物品了，因此這個地方要用指定代名詞，而非不指定代名詞。

Answer 第 2 句才是正確英文説法。

009 that

Q 台灣的天氣比日本要熱。

1. The weather of Taiwan is hotter than Japan.

2. The weather of Taiwan is hotter than **that** of Japan.

▽ 精闢解析，別再誤用！

這個句子中要做比較的是兩個地方的天氣：the weather。第一個句子錯誤的地方在於受詞為 Japan（日本）而不是 the weather（天氣）。the weather 已經出現在句子的主詞中，要在受詞再次出現時，為了避免重複故將 the weather 以指定代名詞 that 來取代，因此 the weather of Japan 變成 that of Japan。

Answer 第 2 句才是正確英文説法。

010 which / that

Q 他昨天買的所有的書都是英文小說。

1. All books **which** he bought yesterday were English novels.
2. All books **that** he bought yesterday were English novels.

▽ 精闢解析，別再誤用！

這個句子是以關係代名詞引導一個形容詞子句來修飾先行詞，一般的情況下，修飾「物」的關係代名詞可以是 which 或 that，但在本句中，因為先行詞中有限定字 all，故關係代名詞只能用 that，不能用 which。

Answer 第 2 句才是正確的英文說法。

011 who's / whose

Q 一個工作是為病人提供醫術治療的人稱之為醫生。

1. A man **whose** job is to give medical treatment to patients is called a doctor.
2. A man **who's** job is to give medical treatment to patients is called a doctor.

▽ 精闢解析，別再誤用！

一般名詞後面加上 's 就可變成所有格，如 Amy's（Amy 的）。但關係代名詞中，表示「人或物」的主詞 who／which，其所有格並不是 who's 或 which's，而是 whose。因此若要以所有格引導子句來修飾先行詞，必須用 whose 而不能用 who's。who's 為 who is 的縮寫式，並非表示所有格的寫法。

Answer 第 1 句才是正確的英文用法。

012 that

Q 你沒對我說實話，讓我很傷心。

1. **You** didn't tell me the truth makes me sad.
2. **That you** didn't tell me the truth makes me sad.

▽ 精闢解析，別再誤用！

第一個句子乍看之下似乎是對的，但仔細一看便能發現這個句子有兩個動詞，並不是正確的句子。正確的文法應該是要在 you didn't tell me the truth 這個句子前面加上 that，變成名詞子句，才能做一個句子的主詞。

Answer 第 2 句才是正確的英文說法。

013 every / each

Q 我不知道該怎麼從這些洋裝中做選擇。每件都很漂亮。

1. I don't know how to choose from these dresses. **Each** is nice.

2. I don't know how to choose from these dresses. **Every** is nice.

▽ 精闢解析,別再誤用!

在這個句子中,前文已經出現指定名詞 dresses,因此後面要再談論相同名詞時,以代名詞取代即可。every 和 each 都可表示「每個」,但是 every 是形容詞,並不能拿來做主詞用,而 each 除了是形容詞外,亦可做代名詞,表「各個」,可以是主詞,也可以是受詞。

Answer 第 1 句才是正確英文說法。

014 which / what

Q 人如其食。

1. You are **what** you eat.

2. You are **which** you eat.

▽ 精闢解析,別再誤用!

這句話看起來是「你就是你所吃的東西」,意思就是「你所吃的東西,決定了你是什麼樣的人。」第二個句子的錯誤之處在於這個句子中缺少先行詞,原來的句子應為 You are the things / the food which you eat. 第一個句子中的代名詞 what = the things which,已包含先行詞及關係代名詞,才是正確的用法。

Answer 第 1 句才是正確的英文說法。

015 his / their

Q 每個人都有自己的問題。

1. Everybody has **their** own problems.

2. Everybody has **his** own problem.

▽ 精闢解析,別再誤用!

everybody 乃表示「每個人」的不定代名詞,因此很多人理所當然地認為 everybody 的所有格應該是 his,但 everyone 雖表「每個人」,其實也就是「所有人」,所以所有格用複數 their 會比單數 his 要合邏輯。

Answer 第 1 句才是正確的英文說法。

016 anyone / any one

Q 若有任何人問起，就說我今天不舒服。

1. If **any one** asks, tell him I am not feeling well today.

2. If **anyone** asks, tell him I am not feeling well today.

▽ 精闢解析，別再誤用！

any one 和 anyone 乍看之下似乎沒什麼差別，但 any one 指的是「任何一個」，這裡的 one 所指的可以是人，也可以是物，而且 one 為表示數量的不定代名詞，後面常接「of ＋複數名詞」，如 any one of them （他們之中任何一個）。而 anyone 則為表示「任何人」的不定代名詞，可直接做主詞或受詞用。

Answer 第 2 句才是正確的英文說法。

017 either / any

Q A：「你哪一天方便，星期一或星期三？」B：「兩天都可以。」

1. A : "Which day is convenient for you, Monday or Wednesday?"

   B : **"Any** will be fine."

2. A : "Which day is convenient for you, Monday or Wednesday?"

   B : **"Either** will be fine."

▽ 精闢解析，別再誤用！

either 是用在「兩者擇其一」時，表示「其中任何一個」的代名詞，any 作代名詞時，有兩種意思：一為「任何人」，且後面通常與 of 合用，如 any of us （我們之中任何一人）；二為「若干、一點」之意，一般不作主詞。依本句文意應以 either 為正確用法。

Answer 第 2 句才是正確的英文說法。

018 all / both

Q 感謝我的家人和朋友。我愛你們大家。

1. Thanks to my family and friends. I love you **both**.

2. Thanks to my family and friends. I love you **all**.

▽ 精闢解析，別再誤用！

both 和 all 都是表複數的不定代名詞，所指涉的對象數目若是「二」，則用 both，表「二者都⋯⋯」；若為「二個以上」，則用 all，表「全部都⋯⋯」。本句提到 my family（我的家人）及 friends（朋友），人數已經超過兩個以上，故應用 all。

Answer 第 2 句才是正確的英文說法。

019 be 動詞是否可省略？

Q 在台上唱歌的女生才剛結婚不久。

1. The girl **is singing** on the stage has just got married.

2. The girl **singing** on the stage has just got married.

▽ 精闢解析，別再誤用！

在這個句子中，有關係代名詞 who 引導形容詞子句修飾先行詞 the girl。原來的句子應該為 The girl who is singing on the stage has just got married. 若是句子中的關係代名詞為主詞，且後面接著 be 動詞，則可以同時省略。（若不是 be 動詞就不行），且不能只省略其中一個，因此第一個句子是不正確的。

Answer 第 2 句才是正確的英文說法。

020 both / neither

Q 我上週末看了兩部電影，但兩部都不好看。

1. I saw two movies last weekend, but **neither** was good.

2. I saw two movies last weekend, but **both** were **not** good.

▽ 精闢解析，別再誤用！

both 和 neither 都是用在談論對象為「兩者」之狀況下的代名詞，both 表示「兩者都⋯⋯」，因為是表複數的代名詞，故後面動詞要用複數動詞。而 neither 則表示「兩者都不⋯⋯」，意即「兩者之中無一個⋯⋯」，是表單數的不定代名詞，後面動詞為單數動詞。另外，表示否定的語意時，應用 neither 而不是 both。

Answer 第 1 句才是正確的英文說法。

021 one / someone

Q 你在等人嗎？

1. Are you waiting for **one**?

2. Are you waiting for **someone**?

▽ 精闢解析，別再誤用！

one 與 someone 都是不定代名詞，one 指的是「一個人；任何人」，通常用來表示代表「人」這個群體的任何其中一人，如 One must be brave if one is to take the wheel.（要承擔責任的人就必得勇敢起來。）。而 someone 指的則是不確定是哪一個人的「某人；有人」，如 Someone wants to see you.（有人想見你。）。

Answer 第 2 句才是正確的英文說法。

022 which / that (1)

Q 這就是那女子自殺身亡的房間。

1. This is the room in **which** the woman committed suicide.

2. This is the room in **that** the woman committed suicide.

▽ 精闢解析，別再誤用！

一般而言，關係代名詞 which 或 who 可以用 that 來取代，但若關係代名詞之前有介系詞，則不可以。本句中的形容詞子句中有介系詞 in，故關係代名詞不可以用 that，必須保持用 which。另外 the room in which 可以用 where 來取代，即 This is where the woman committed suicide.（這裡就是女子自殺身亡之處。）

Answer 第 1 句才是正確的英文說法。

023 否定意味的代名詞、形容詞

Q 我們都沒看過這部電影。

1. **None of us have** watched this movie.

2. **None of us has** watched this movie.

▽ 精闢解析，別再誤用！

none 為否定代名詞，表「沒有」，為單數代名詞，配合的動詞需依單數主詞變化。其他也為單數的代名詞 every、each、none，以及有否定意味的形容詞 any、no 接了名詞後，動詞也應配合單數主詞做變化，如 anyone、no one。

Answer 第 2 句才是正確的英文說法。

024 which / that (2)

Q 在山裡被找到的女子和貓已經餓了好幾天了。

1. The woman and the cat **which** were found in the mountains had been starving for days.

2. The woman and the cat **that** were found in the mountains had been starving for days.

▽ 精闢解析，別再誤用！

一般而言，關係代名詞 who／which 及 that 可以互通使用，但是若先行詞同時有「人與物」，則在不知道應該用who還是which的情況下，必須用 that。本句先行詞為the woman and the cat（女子與貓），故關係代名詞應為 that 而非 which 或 who。

Answer 第 2 句才是正確的英文說法。

025 ones / some

Q 我在這兒已經交了許多朋友。有些也是從台灣來的。

1. I have already made many friends here. **Some** are also from Taiwan.

2. I have already made many friends here. **Ones** are also from Taiwan.

▽ 精闢解析，別再誤用！

ones 為 one 的複數，如 the lucky one 表示「幸運者」只有一人，the lucky ones 則表示「幸運者」有一人以上。some 用於前文已經出現討論對象，為避免重複，後文以 some 來表示該對象中的「其中一些（人或物）」。這裡前面已出現 many friends，因此 some 所代表的就是這許多朋友中的其中一些人。

Answer 第 1 句才是正確的英文說法。

Q 我希望這學期你、我和他會再度同班。

1. I hope **I, you and he** will be in the same class again this semester.
2. I hope **you, he and I** will be in the same class again this semester.

▽ 精闢解析，別再誤用！

第一人稱代名詞 I 只要是和其它人稱代名詞（或名詞）同時出現，一定是放最後一個（表謙虛），而第二人稱代名詞 you 則一定是放第一個（表尊重），若還有其他人稱代名詞（或名詞）就放中間。

Answer 第 2 句才是正確的英文說法，

洗腦測驗

好不容易學完一個單元，先別急著開始新的學習，試試自己熟練了沒？
重點不是學多少，而是記住多少！

選擇題（I）哪一個才是正確的？

001. **Its / It's** a beautiful day, isn't it?

今天天氣很好，不是嗎？

002. I don't like those girls, so I'm not going to invite **them / themselves** to my party.

我不喜歡那些女生，所以我將不邀請她們來我的派對。

003. Can I help **you / yourself** ?

有什麼需要幫忙的嗎？

004. Is that **your / yours** grandfather? He looks young!

那是你爺爺？他看起來好年輕！

005. **It / That** 's not the end of the world.

這並不是世界末日。

006. My brother runs as fast as **me / I** do.

我的哥哥跑得跟我一樣快。

007. I'm so lonely that I'd like to have **one / someone** to talk to.

我太寂寞了，好想要有個人可以聊聊天。

008. These sandwiches look delicious. I'll have **one / same**.

這些三明治看起來真美味。我要來一個。

009. It is hotter in Taiwan than **that in Japan / in Japan** .

在台灣比在日本要熱。

010. The book **which / that** he borrowed from the library was an English novel.

他昨天跟圖書館借的書是一本英文小說。

011. I don't know **who's / whose** there in the kitchen.

我不知道在廚房的人是誰。

012. **Every / Each** one of their children is successful.

他們的每一個孩子都很有成就。

013. I won't forget **anyone / any** one of you.

我不會忘記你們任何一個人。

014. I'd like to have some more rice if there is **either / any** .

如果還有飯的話，我還想來一些。

015. **You and your sister / Your sister and you** are both good friends of mine.

你和你姐姐都是我的好朋友。

016. Thanks to my mom and dad. I love you **all / both** .

感謝我的媽媽和爸爸。我愛你們。

017. It worries me **that / (that)** you don't wear a helmet while riding a motorcycle.

你騎摩托車不戴安全帽讓我很擔心。

018. I don't know the boy **who / (who)** sits next to me.

我不認識坐在我旁邊的男孩。

019. She has two children. **Both / Neither** are smart and cute.

她有兩個孩子。兩個都很聰明可愛。

隨堂小測驗

020. Every man has **his / their** taste.

每個人都有自己的品味。

021. The house **which / what** he inherited from his father is big enough for seven people.

他從父親那兒繼承的房子大得足以住七個人。

022. **One** should treat others as **one / someone** would like others to treat oneself.

要人怎麼待你，就得怎麼待人。

023. The apartment **that / which** he bought was where the woman killed herself.

他買下的那間公寓就是女子自殺的地方。

024. I haven't seen the woman **who / that** lives next to me with a cat for weeks.

我已經好幾個星期沒有看到那個養著一隻貓、住在我隔壁的女人了。

025. I am so glad that my loved **ones / some** are all here for my birthday.

我很高興我所愛的人都為了我的生日聚在這裡。

026. No teenager **is / are** allowed to stay in the bar after 10.

未成年人10點後不得待在酒吧。

選擇題（Ⅱ）選出正確的句子。

001. 我們一定要全面地檢討這件事。

☐ We must review this incident in **its** entirety.
☐ We must review this incident in **it's** entirety.

002. 天助自助者。

☐ God helps **those** who help themselves.
☐ God helps **who** help themselves.

003. 把這兒當自己家。

☐ Make **you** at home.
☐ Make **yourself** at home.

004. 我會帶我朋友到那兒去，你也可以帶你的去。

☐ I'll bring my friends there and you can also bring **your friends**.
☐ I'll bring my friends there and you can also bring **yours**.

005. 我爸媽一直以來都很支持我。我愛他們兩位。

☐ My parents have been very supportive to me. I love them **both**.
☐ My parents have been very supportive to me. I love them **all**.

006. 你有把我們的財務問題告訴任何人嗎？

☐ Did you tell **someone** about our financial problem?
☐ Did you tell **anyone** about our financial problem?

選擇題（I）解答&重點解析

001. Answer It's

學習重點 **It's** 表示 **It is** 的縮寫，勿與所有格 **its** 混淆。

002. Answer them

學習重點 主詞與受詞不同時，不需使用反身代名詞。

003. Answer you

學習重點 問句中主詞與受詞不同時，不需使用反身代名詞。

004. `Answer` your

　　`學習重點` 所有格代名詞只在「避免名詞」重複時使用。

005. `Answer` It

　　`學習重點` 描述大略情況的句子，主詞用虛主詞 it。

006. `Answer` I

　　`學習重點` 兩個名詞間的同級比較，型態需相同 → I。

007. `Answer` someone

　　`學習重點` 表示不指定對象的「某人」→ someone。

008. `Answer` one

　　`學習重點` 表指與某項物品相同的「任何一個」→ one。

009. `Answer` in Japan

　　`學習重點` 在不會出現同樣名詞的句子中，不需使用代名詞。

010. `Answer` which

　　`學習重點` 非限定情況下，一般使用 which 為事物的關係代名詞。

011. `Answer` who's

　　`學習重點` 關係代名詞 who is 不應與所有格代名詞 whose 混淆。

012. `Answer` Every

　　`學習重點` Every 為形容詞，接在名詞前表示「每個」。

013. `Answer` any

　　`學習重點` 單獨使用 any 時，為形容詞「任何一個」。

014. `Answer` any

　　`學習重點` any 作代名詞時，為「人、事物其中任何一個」。

015. `Answer` You and your sister

　　`學習重點` 英文主詞你、我、他的出現順序應為 → 你、他、我。

016. Answer both
　　學習重點 指涉對象數目為「二」的代名詞 → both。

017. Answer that
　　學習重點 that 連接動詞子句，讓完整句容許存在「兩個動詞」。

018. Answer who
　　學習重點 關係代名詞who後若沒有連接be動詞。便無法省略。

019. Answer Both
　　學習重點 談論對象為「兩者」的肯定句中，代名詞用 → both。

020. Answer his
　　學習重點 使用單數代名詞 → his，主詞需為單數。

021. Answer which
　　學習重點 用 which 當關係代名詞時，先行詞需為「事物」。

022. Answer one
　　學習重點 通常用 one 代表人類群體中的「其中一人」。

023. Answer that / which（複選）
　　學習重點 一般情況下，which 及 that 皆可引導形容詞子句。

024. Answer who / that （複選）
　　學習重點 先行詞為「人」時，關係代名詞可為 who 或 that。

025. Answer ones
　　學習重點 用 one 代表特定的人、事物。ones 為複數形態。

026. Answer is
　　學習重點 否定意味的代名詞、形容詞，動詞搭配單數主詞做變化。

選擇題（Ⅱ）答案＆重點解析

001. Answer 第1句。

解析 it's 為代名詞 it is 的縮寫式，its 為代名詞所有格。

002. Answer 第1句。

解析 those 為表示 those people 的指定代名詞，為句中的先行詞；who 為引導名詞子句的關係代名詞。

003. Answer 第2句。

解析 祈使句省略主詞 you，句中若接受動作的對象為 you，則需使用反身代名詞。

004. Answer 第2句。

解析 句子前文出現過的名詞，後文再次出現時應用所有代名詞取代，以避免重覆。

005. Answer 第1句。

解析 指定代名詞 both 用於表示「兩者」的情況下，而 all 則用於「兩者以上」的情況。

006. Answer 第2句。

解析 不定代名詞 someone 表「某人」，用於肯定句；anyone 表「任何人」，用於疑問句與否定句。

CHAPTER

3

03／介系詞

001 ask sb. in / ask sb. out

Q 我們的新鄰居今天早上有來敲門，所以我「邀請」她進屋裡。

1. Our new neighbor knocked on our door this morning, and I **asked** her **in**.
2. Our new neighbor knocked on our door this morning, and I **asked** her **out**.

▽ 精闢解析，別再誤用！

ask 在這裡有邀請的意思。ask sb. in 是邀請某人進來家裡；ask sb. out 則是邀請某人出去約會，也可以用 ask someone out on a date。在上述例子中，依照句意是請鄰居進來屋裡，所以要用 ask in。

Answer 第 1 句才是正確的英文説法。

002 back down / back out

Q 有時候你得要「讓步」，因為你不會永遠都贏。

1. Sometimes you have to **back down**, because you can't always win.
2. Sometimes you have to **back out**, because you can't always win.

▽ 精闢解析，別再誤用！

back down 是在爭論中讓步，通常其後可接 from 這個介系詞，例如：back down from a fight。back out 是未能赴約或守信，其後通常接 of 這個介系詞，例如：back out of a deal。

Answer 第 1 句才是正確的英文説法。

003 be down on / be down with

Q 他常翹課是因為他「討厭」這個教授。

1. He often cuts the class because he **is down on** the professor.
2. He often cuts the class because he **is down with** the professor.

▽ 精闢解析，別再誤用！

be down on 是對某人有負面的觀感，或是批評某人的意思，例如：嚴厲的批評某人（be so down on sb.）。be down with 是生病的意思，在 with 之後接疾病的名稱（a bad cold / the measles）。

Answer 第 1 句才是正確的英文説法。

004 be up for / be up to

Q 他很期待跟新女友第一次約會。

1. He **is up for** the first date with his new girlfriend.

2. He **is up to** the first date with his new girlfriend.

▽ 精闢解析，別再誤用！

be up for 對於即將來臨的某件事熱烈期待，或是很想要某樣東西，例如：be up for some fries。be up to 是指做某件事，尤其指做壞事或搗蛋的意思。上述例子中，指的是期待第一次約會，所以用 be up for。

Answer 第 1 句才是正確的英文說法。

005 be on sth. / be onto sth.

Q 警察「盯上了」海報上的男人。

1. The police **are on** the man on the poster.

2. The police **are onto** the man on the poster.

▽ 精闢解析，別再誤用！

be on 是在……之上的意思，例如：（騎）在腳踏車上（be on a bike）。雖然 be onto 也有在（到）……之上的意思，但是如果 onto 之後接的是某個人，則是指發現某人的不法行為或盯上某人的意思。

Answer 第 2 句才是正確的英文說法。

006 be out of / be out for

Q 我不信任他。我想他只是「對」你的錢「有企圖」罷了。

1. I don't trust him. I think he **is** only **out for** your money.

2. I don't trust him. I think he **is** only **out of** your money.

▽ 精闢解析，別再誤用！

be out of 的其中一個意思是指某人用完了某件東西，或是某家店沒有剩餘的某件商品，例如：The store is out of milk.（這家店沒有牛奶了。）但是 be out for 是指企圖的意思，例如：be out for a good time（圖一個好時光）。

Answer 第 1 句才是正確的英文說法。

007 beat out / beat up

Q 他在網球比賽中「贏了」他弟弟。

1. He **beat out** his brother in a tennis game.
2. He **beat up** his brother in a tennis game.

▽ 精闢解析,別再誤用!

在上述例句中 beat out 是指在比賽中擊敗對手的意思,被動式的用法則是 sb. was beaten out... ;而 beat up 是暴力攻擊,或是強烈批評的意思,例如: Don't beat yourself up.(不要這麼嚴厲批評你自己。)

Answer 第 1 句才是正確的英文說法。

008 drink to / drink in

Q 看看這景致。我要「好好享用」這美景。

1. Look at the view. I want to **drink** it all **in**.
2. Look at the view. I want to **drink** it all **to**.

▽ 精闢解析,別再誤用!

drink to 的意思是舉杯敬祝的意思,例如:drink to someone's anniversary(舉杯慶祝某人的結婚紀念日)。而 drink in 跟喝東西無關,是指專心的享受某件事情,用法是 drink sth. in 或是 drink in sth.。

Answer 第 1 句才是正確的英文說法。

009 dry off / dry up

Q 關掉這個工廠讓鎮上的小生意因此「枯竭」了。

1. Closing the factory **dried up** small business in town.
2. Closing the factory **dried off** small business in town.

▽ 精闢解析,別再誤用!

dry off 和 dry up 都有讓某樣東西乾掉的意思,但是 dry up 還有另一個意思是讓某樣東西消失或枯竭的意思。例如:在上述句子中,因為一家工廠關門而讓一些小生意斷了生意的來源,就不能用 dry off 而要用 dry up。

Answer 第 1 句才是正確的英文說法。

010 eat into / eat up

Q 把你的晚餐「吃完」，我們才能開始吃甜點。

1. **Eat** your dinner **up** so we can start the dessert.
2. **Eat into** your dinner so we can start the dessert.

▽ 精闢解析，別再誤用！

在英文中 eat into 和 eat up 都同樣有用盡或耗費（資源、預算等）的意思，但是 eat up 一般的意思是吃完某樣東西的意思，用法是 eat sth. up 或是 eat up sth.。上述例子中，依照文意，必須使用 eat up。

Answer 第 1 句才是正確的英文說法。

011 end with / end up

Q 他「最後竟成了」一個富翁。

1. He **ended up** a rich man.
2. He **ended with** a rich man.

▽ 精闢解析，別再誤用！

end with sth. 是指以某事做為結尾的意思，例如：end with a speech（以一段致詞做為結束）。end up 則是指在意料之外演變成某種情況，例如：上述句子表示「他成為富翁這件事」不在意料之中，但竟然成為事實。

Answer 第 1 句才是正確的英文說法。

012 fall under / fall on

Q 在父親生了重病之後，他們「開始經歷」生活的苦難。

1. They **fell under** hard times after the father got really ill.
2. They **fell on** hard times after the father got really ill.

▽ 精闢解析，別再誤用！

fall under 的意思是「受到某件事的影響」，例如：fall under someone's spell（被某人迷住了）。而 fall on sth. 是指「開始經歷某件事」或「遇到某種狀況」，也可以用 fall upon 代替。

Answer 第 2 句才是正確的英文說法。

013 belong to / belong with

Q 他「是」這個棒球隊「的隊員之一」。

1. He **belongs to** the baseball team.
2. He **belongs with** the baseball team.

▽ 精闢解析，別再誤用！

belong to 是身為某個團體（俱樂部、宗教信仰）當中的一員，亦可表示為某人的所有物，例：This money belongs to her.（這筆錢是她的。）。而 belong with 是指某件東西應與其他的東西一起位於某個正確的位置。

Answer 第 1 句才是正確的英文説法。

014 blow over / blow out

Q 他跟家人一起「吹熄」了蛋糕上的蠟燭。

1. He **blew out** the candles on the cake with his family.
2. He **blew over** the candles on the cake with his family.

▽ 精闢解析，別再誤用！

blow over 和 blow out 都有結束的意思，例如：The storm blew over／out.（暴風雨過去了。）。但是 blow out 同時也可用來指吹熄蠟燭或火柴，或是徹底擊敗的意思。所以上述例子中，正確的用法是 blow out。

Answer 第 1 句才是正確的英文説法。

015 boil down / boil down to

Q 你的簡訊太長了，下次請「簡化」。

1. Your message is too long; please **boil** it **down to** next time.
2. Your message is too long; please **boil** it **down** next time.

▽ 精闢解析，別再誤用！

boil down 是簡化，只留下最精要的部份，例如：把 A 簡化成 B 的形式（boil down A to B）。而 boil down to... 是總（簡）而言之就是……的意思，例如：boil down to a plea for more money（總之就是要多點錢）。

Answer 第 2 句才是正確的英文説法。

016 book on / book in

Q 我已經幫你「預訂了」你最喜歡的飯店。

1. I've **booked** you **in** at your favorite hotel.
2. I've **booked** you **on** at your favorite hotel.

▽ 精闢解析，別再誤用！

book in 和 book on 都有預訂的意思，通常 book on 是預訂飛機票或是餐廳的座位（book seats on a table in a restaurant）。而 book in 通常是用在預訂飯店的房間，或是辦理飯店登記手續。

Answer 第 1 句才是正確的英文説法。

017 bring on / bring about

Q 這個新生嬰兒為他們的日常生活「帶來了」很大的改變。

1. The new born baby **brought about** big changes in their lives.
2. The new born baby **brought on** big changes in their lives.

▽ 精闢解析，別再誤用！

bring about 和 bring on 都有引發某事發生的意思。不同之處在於 bring on 是指招惹來一些不愉快的事情。上述例句當中，新生嬰兒帶來生活上很大的改變，通常是指作息的改變，並沒有負面的意思，所以用 bring about 比較適合。

Answer 第 1 句才是正確的英文説法。

018 bring out / bring out in

Q 吃魚總是「讓我過敏」，身上出現搔癢的斑點。

1. Eating fish always **brings out** my itchy spots.
2. Eating fish always **brings** me **out in** itchy spots.

▽ 精闢解析，別再誤用！

bring out sth. 是指推出某樣新產品的意思，亦可用被動式 sth. was brought out …。而 bring sb. out in 則是指使一個人皮膚過敏，例如：bring him out in a rash（使他皮膚出疹子）。

Answer 第 2 句才是正確的英文説法。

019 burn up / burn down

Q 這棟建築完全被「燒毀」了。

1. The building was completely **burnt down**.

2. The building was completely **burnt up**.

▽ 精闢解析，別再誤用！

burn up 和 burn down 都有被火燒掉的意思，但是嚴格說來，burn up 是用來形容木柴或是森林被火燒盡，也可用在讓火燒得更旺（make the fire burn up）。而 burn down 則是形容建築物被燒毀，主動或被動皆可。

Answer 第 1 句才是正確的英文說法。

020 buy in / buy into

Q 我們公司將要「買下」一家有發展潛力的小公司的股份。

1. Our company is **buying into** a small company which has the potential for future growth.

2. Our company is **buying in** a small company which has the potential for future growth.

▽ 精闢解析，別再誤用！

buy in 和 buy into 都有購買的意思，但買的東西卻大不相同。buy in 指的是為了未來的需要而大量買進物資，而 buy into 指的是買下某家公司的股份或某個球隊。所以上述例子中，使用 buy into 較符合文義。

Answer 第 1 句才是正確的英文說法。

021 call sb. in / call on sb.

Q 我媽媽這個星期三來「拜訪」過我們。

1. My mother **called on** us this Wednesday.

2. My mother **called** us **in** this Wednesday.

▽ 精闢解析，別再誤用！

call sb. in 或是 call in sb. 是指請某人來幫忙的意思，亦可用被動式 sb. was called in…。而 call on sb. 則是指短暫的拜訪某人，意思等於 make a brief visit to someone。

Answer 第 1 句才是正確的英文說法。

022 care about / care for

Q 我喜歡雞肉，但我不「喜歡」吃紅肉。

1. I like chicken, but I don't **care about** red meat.
2. I like chicken, but I don't **care for** red meat.

▽ 精闢解析，別再誤用！

care about 和 care for 這兩個片語常被混淆。前者指的是在乎某人或某件事，而後者則是喜歡某人或某物或是指照顧的意思。 在上述例句中，不可能是我不在乎紅肉，所以使用 care for 才符合文義。

Answer 第 2 句才是正確的英文說法。

023 carry on / carry on with

Q 每個人都知道她一直都「跟」那個郵差「有曖昧關係」。

1. Everyone knows that she has been **carrying on with** the postman.
2. Everyone knows that she has been **carrying on** the postman.

▽ 精闢解析，別再誤用！

carry on 的意思是堅持、繼續某件事情，其後可直接接續動名詞，或是加上 with 後接某件事情，例如：carry on with your work（繼續你的工作）。但是如果 carry on with 之後接的是某人，則代表跟某人有曖昧的關係。

Answer 第 1 句才是正確的英文說法。

024 catch at / catch sb. up

Q 我待會兒「會追上」你。

1. I'll **catch** you **at** later.
2. I'll **catch** you **up** later.

▽ 精闢解析，別再誤用！

catch at 的意思是試圖抓住某件東西，例如：人在求生的時候，可能會本能的 catch at anything。而 catch sb. up 則是追上某人的意思，例如：比賽時趕上原本領先的對手，或是日常對話中，請朋友先走，自己一會兒會趕上。

Answer 第 2 句才是正確的英文說法。

025 caught up in / catch up on

Q 我必須「趕」工作「進度」，所以我今晚不能出去玩。

1. I have to be **caught up in** my work, so I can't go out tonight.
2. I have to **catch up on** my work, so I can't go out tonight.

▽ 精闢解析，別再誤用！

caught up in 通常是形容人在非自願的情況下被捲入某種情境中，例如：be caught up in a scandal（陷入醜聞）。而 catch up on 則是指趕進度的意思，而需要補眠時也可用 catch up on some sleep。

Answer 第 2 句才是正確的英文說法。

026 charge for / charge with

Q 他們「指控」他謀殺。

1. They **charged** him **with** murder.
2. They **charged** him **for** murder.

▽ 精闢解析，別再誤用！

charge for 是索取金額的意思，例如：收取運送費用 charge for delivery。而 charge with則是指控的意思，例如：某人被控偷竊 be charged with theft。所以上述例句中，要使用 charge with。

Answer 第 1 句才是正確的英文說法。

027 chase down / chase off

Q 我父親試著「把」狗「趕離開」草坪。

1. My father was **chasing** the dog **off** the lawn.
2. My father was **chasing** the dog **down** the lawn.

▽ 精闢解析，別再誤用！

警察抓小偷時，我們就可以用 chase down 這個片語，例如：chase down the thief。但是如果要從某處趕走某個人或動物，就要用 chase off，例如：chase a cat off the flower bed（趕走花圃上的貓。）。

Answer 第 1 句才是正確的英文說法。

028 check in / check on

Q 從現在起護士一天會來「巡視」病人三次。

1. From now on, the nurse is going to **check on** the patient three times a day.
2. From now on, the nurse is going to **check in** the patient three times a day.

▽ 精闢解析，別再誤用！

check in 的其中一個常見的意思是到某處後向某人報到，例如：在機場的登機手續，或是辦理旅館的住宿手續 check in at a hotel。而 check on 是檢查某人或某樣東西是否有問題的意思，例如：上述句子中檢查病人的狀況。

Answer 第 1 句才是正確的英文說法。

029 come down on / come down with

Q 我可能「開始」發燒了。

1. I may be **coming down with** a fever.
2. I may be **coming down on** a fever.

▽ 精闢解析，別再誤用！

在英語中 come down on 是批評、處罰某人的意思，用法是在介系詞 on 之後直接加某人。而當一個人開始覺得不舒服或快要生病時，就可以用 come down with 這個片語，用法是在 with 之後接疾病名稱。

Answer 第 1 句才是正確的英文說法。

030 come in for / come in on

Q 你願意「加入」我們的這個專案嗎？

1. Would you **come in** with us **for** this project?
2. Would you **come in** with us **on** this project?

▽ 精闢解析，別再誤用！

當某人遭受了許多的負面評價時，可以用 sb. came in for a lot of criticis。而 come in on sth. 是指參與某件事情，例如上述例子中，參與某個專案就可以用 come in on this project。

Answer 第 2 句才是正確的英文說法。

031 come out of / come out with

Q 你永遠不知道他下一步會「提出什麼奇怪的點子」。

1. You never know what he will **come out of** next.
2. You never know what he will **come out with** next.

▽ 精闢解析，別再誤用！

英文的片語中當介系詞不同時，意思也會大不相同。A comes out of B 的中文意思是 A 是因為 B 所產生的結果。而 come out with 則是某人提出或表達某種想法，用法是 sb. comes out with sth.。

Answer 第 2 句才是正確的英文說法。

032 come up to / come up with

Q 你們「想到」解決的辦法了嗎？

1. Did you **come up with** a solution?
2. Did you **come up to** a solution?

▽ 精闢解析，別再誤用！

當我們形容「某件事跟某件事一樣好」的時候，就可以使用（something）come up to（something）。而 come up with 是想出（計畫或方法）的意思，例如：come up with a plan／a method（想出一個計畫／一個方法）等等。

Answer 第 1 句才是正確的英文說法。

033 count in / count on

Q 我不知道我是否應該「信賴」他。

1. I don't know if I should **count on** him.
2. I don't know if I should **count in** him.

▽ 精闢解析，別再誤用！

count in sb. 這個片語，這是指在一個活動中把某人算在內的意思，它的反義詞是 count out。而 count on sb. 則是指信賴、依賴某人的意思，被動形式出現是形容某人很靠得住（sb. is counted on...）。

Answer 第 1 句才是正確的英文說法。

034 cry out against / cry for

Q 那間老房子「極需」整修。

1. The old house **cries for** a renovation.
2. The old house **cries out against** a renovation.

▽ 精闢解析，別再誤用！

against 通常有反對的意思，所以從字面上看來就知道 cry out against 是用在極力反對某件事情。而 cry for 則有急切需要某件東西的意思，例如：cry for a solution（極需解決方案）。

Answer 第 1 句才是正確的英文說法。

035 cut down on / cut off

Q 她「剪下」枯萎的花朵。

1. She **cut off** the dead flowers.
2. She **cut down on** the dead flowers.

▽ 精闢解析，別再誤用！

cut down on 的意思是減少某樣東西的用量，句型是在介系詞 on 後面接 sth.，例如：cut down on drinking（減少飲酒）。而 cut off 則是剪下的意思，可以寫成 cut sth. off 或是 cut off sth.。

Answer 第 1 句才是正確的英文說法。

036 die off / die of

Q 這位病人昨晚「死於」癌症。

1. The patient **died of** cancer last night.
2. The patient **died off** cancer last night.

▽ 精闢解析，別再誤用！

off 和 of 非常容易被搞混，但是 die off 這個片語裡的 off 並不是介系詞而是副詞，是相繼死去的意思。而 die of 則是指因為什麼原因而死，例如 die of old age（老死），或是形容一個人非常糗：die of embarrassment（丟臉死了）。

Answer 第 1 句才是正確的英文說法。

037 dig into / dig in

Q 所有的士兵都得到命令要「掩蔽」自己。

1. All the soldiers were ordered to **dig** themselves **in**.
2. All the soldiers were ordered to **dig** themselves **into**.

> ▽ 精闢解析,別再誤用!

dig in 和 dig into 在意思上的確有共通之處:它們都有翻土埋進某樣東西,或大快朵頤的意思。但是當 dig in 指的是挖掩體防守的時候,是不能用 dig into 替代的。上述例句中,可以用 dig in 或是 dig themselves in。

Answer 第 1 句才是正確的英文說法。

038 dine on / dine out on

Q 他絕對會不斷的拿這個故事來「吹噓」的。

1. He definitely will **dine out on** the story all the time.
2. He definitely will **dine on** the story all the time.

> ▽ 精闢解析,別再誤用!

dine on 是指吃一些昂貴的食品當正餐的意思,用法是在介系詞後加上食物的名稱。而 dine out on 則是指以有趣的經驗或趣聞來博取大家的注意。上述例子中如果要繼續詳述故事的內容,可以在 story 之後加介系詞 of...。

Answer 第 1 句才是正確的英文說法。

039 dive in / dive into

Q 她「很快速的翻找」包包裡,找尋她的鑰匙。

1. She **dove in** her purse to find her car key.
2. She **dove into** her purse to find her car key.

> ▽ 精闢解析,別再誤用!

dive in 和 dive into 兩者都可以用來形容熱切的投入某件事情,例如:dive in／into someone's work。但是如果要形容很快的在某處翻找東西,就要用 dive into(a bag／purse／pocket)。

Answer 第 2 句才是正確的英文說法。

040 do away with / do with

Q 現在我真的「很需要」來一杯熱巧克力。

1. I could really **do away with** a cup of hot chocolate right now.
2. I could really **do with** a cup of hot chocolate right now.

▽ 精闢解析，別再誤用！

do away with 和 do with 只差了一個字，意思卻完全不一樣。do away with sb. 是要殺掉某人的意思。而 do with 則是藉由某種東西獲得幫助的意思，例如：do with less criticism（需要少一點的批評）。

Answer 第 2 句才是正確的英文說法。

041 draw out / draw back from

Q 她的男友「不願」立即做出承諾。

1. Her boyfriend **drew back from** making any commitment.
2. Her boyfriend **drew out** making any commitment.

▽ 精闢解析，別再誤用！

draw out 是指時間被拖延或是拉長的意思，用法是 draw sth. out。而 draw back from 是不願考慮某事，或是撤銷某事的意思。例如上述例句中，男友不願做出承諾就要用 draw back from sth.。

Answer 第 1 句才是正確的英文說法。

042 draw on / draw up

Q 你何時要開始「起草」一個經營計畫？

1. When are you going to **draw up** a business plan?
2. When are you going to **draw on** a business plan?

▽ 精闢解析，別再誤用！

draw on 的意思是動用（尤其指錢）或是依賴某種援助的意思，例如：draw on the community for support（靠社區援助）。而 draw up 則有擬定（計畫、合約或名單）的意思。所以上述例句中的介系詞要用 up 而不是 on。

Answer 第 1 句才是正確的英文說法。

043 dream of / dream up

Q 當她做菜的時候,她通常會試驗她自己「憑空想像出來的」的食譜。

1. When she cooks, she always tries the recipes that she **dreams up**.
2. When she cooks, she always tries the recipes that she **dreams of**.

▽ 精闢解析,別再誤用!

dream of sth. 是夢見的意思,也可以用 dream about sth.。而 dream up 指的是憑空想像的、虛構的,有時有貶抑的意思,用來形容荒誕不經的事,例如:dream up some excuses(捏造藉口)。

Answer 第 1 句才是正確的英文說法。

044 dress down / dress up

Q 我母親總是在我們去派對前給我們「穿上好看的衣服」。

1. My mother always **dressed** us **down** before we went to party.
2. My mother always **dressed** us **up** before we went to a party.

▽ 精闢解析,別再誤用!

dress sb. down 或是 dress down sb. 的意思是嚴厲責備某人的過失的意思。如果要說明為了某事,則在 dress down sb. 之後加上介系詞 for。dress up 一般是指裝扮的意思,但也可以指潤飾某件東西。

Answer 第 2 句才是正確的英文說法。

045 drill in / drill into

Q 我媽媽對我「講了一次又一次」,必須跟服務生說「請」。

1. My mother **drilled** it **into** me that I have to say "please" to the waiters.
2. My mother **drilled** it **in** me that I have to say "please" to the waiters.

▽ 精闢解析,別再誤用!

drill in 和 drill into 的意思十分相近。drill sb. in sth. 是幫助某人反覆練習某件事;而 drill sth. into sb. 是反覆說某件事情讓某人記得。上述例子中,媽媽講了一遍又一遍就要用 drill into。

Answer 第 1 句才是正確的英文說法。

046 agree to / agree with

Q 我媽媽不「同意」我今天出門去。

1. My mother doesn't **agree with** my going outside today.

2. My mother doesn't **agree to** my going outside today.

▽ 精闢解析，別再誤用！

agree to 和 agree with 的意思相同，皆表「同意」，但指同意「某人」的看法、意見時，agree 的介系詞應用 with；而表達同意「某事」時，agree 的介系詞應用 to，但近來用 with 也通用。

Answer 第 2 句才是正確的英文説法。

047 to / of

Q 我哥哥「警告」我玩火很危險。

1. My brother **alerted me to** the danger of playing with the fire.

2. My brother **alerted me of** the danger of playing with the fire.

▽ 精闢解析，別再誤用！

to 在英文中多最為不定詞，但在許多情形下也是介系詞，表「對於……」。應用動詞 alert 要「警告某人注意某事」時，介系詞用 to。若要用 of 表達「警告」，則可用 warn sb. of sth.。

Answer 第 1 句才是正確的英文説法。

048 apply / apply for

Q 你必須要去加拿大大使館「申請」簽證。

1. You must **apply** the visa at the Canadian embassy.

2. You must **apply for** the visa at the Canadian embassy.

▽ 精闢解析，別再誤用！

apply 和 apply for 的長相雖然相似，但用法不同。for 表示「為了……」，指有一定目的要達成，故 apply for 表示「請求做某事、申請」，常見於官方或正式文書上。而單用 apply 時，則指「應用」。

Answer 第 2 句才是正確的英文説法。

049 arrange / arrange for

Q 珍妮「安排」我去機場為格林先生送行。

1. Jane **arranged for** me to see Mr. Green off at the airport.
2. Jane **arranged me** to see Mr. Green off at the airport.

▽ 精闢解析，別再誤用！

arrange 與 arrange for 皆表示安排，只是安排的對象有異。只使用 arrange 時，arrange 為及物動詞，表示「安排」，如 arrange the party（安排、籌劃派對）；for 為接在「人」前的介系詞，arrange for 則表示「安排某人做某事」，如上述例句。

Answer 第 1 句才是正確的英文說法。

050 attend / attend to

Q 你願意來「參加」今晚的會議嗎？

1. Would you like to **attend to** the meeting tonight?
2. Would you like to **attend** the meeting tonight?

▽ 精闢解析，別再誤用！

在表示「參加某種會議或活動」時，單用動詞 attend 即可，後面直接接受詞。而 attend 後接表示「對……某人、事物」的介系詞 to 時，則表示「照料、注意」。

Answer 第 2 句才是正確的英文說法。

051 infect / be infected with

Q 小心不要「被傳染」流感病毒。

1. Be careful not to **be infected with** the flu virus.
2. Be careful not to **infect** the flu virus.

▽ 精闢解析，別再誤用！

單用 infect 為及物動詞「傳染」，上述的第二例句為「小心不要去（主動）感染那些流感病毒」，聽起來會覺得病毒是受害者，是人類「主動」去感染它們。由於是人類（被動）受病毒感染，故應用被動語態，並加上表「與……相關」的介系詞 with 表達句意。

Answer 第 1 句才是正確的英文說法。

052 marry to / marry

Q 下週日我姐姐要和 Tom「結婚」了。

1. My sister will **marry to** Tom next Sunday.
2. My sister will **marry** Tom next Sunday.

▽ 精闢解析，別再誤用！

中文表示「結婚」，常説「A 與 B 結婚」，因此許多人常誤用 with。marry 為及物動詞，若是男人 marry 女人，則為「娶」；女人 marry 男人，則表「嫁」。marry 的形容詞為 married，可用 to 表示 A 與 B 結婚（A is married to B。）

Answer **第 2 句才是正確的英文説法。**

053 prepare for / prepare

Q 我們的老師正在「準備」期末考試題目。

1. Our teacher is **preparing for** the final exam.
2. Our teacher is **preparing** the final exam.

▽ 精闢解析，別再誤用！

prepare 是指「準備某事」，而 prepare for 是指「為某事做準備」。該例句中 prepare for the exam 是「為考試做準備」的意思，是指接受考試的學生們應該做的準備；而 prepare the exam 則是「準備考試題目」，是出題老師們應該做的準備。

Answer **第 2 句才是正確的英文説法。**

054 worthy / worth to

Q 花那麼多錢「不值得」。

1. **It's not worthy** paying so much money.
2. **It's not worth of** paying so much money.

▽ 精闢解析，別再誤用！

worth 為形容詞，表某件事物值得某人花時間去做，或指值得某個好的名聲。
worth 與 worthy 的意思幾乎相同，皆表「值得」，也是形容詞，只是 worth of
後接動名詞 V-ing 或名詞，在口語上較為常用。而 worthy 後接介系詞 of，再接
名詞。

Answer 第 2 句才是正確的英文說法。

055 complain / complain about

Q 他總是「抱怨」他的室友。

1. He always **complains about** his roommate.
2. He always **complains** his roommate.

▽ 精闢解析，別再誤用！

complain 表「抱怨」時為不及物動詞；表示「抱怨某人或某事」要用
complain about／of／to 後面接名詞或者名詞子句、動名詞，而不能直接接續
受詞。

Answer 第 1 句才是正確的英文說法。

056 in spite of / despite of

Q 「儘管」早上天氣很糟糕，他仍堅持去跑步。

1. **In spite of** the bad weather this morning, he insisted to go jogging.
2. **Despite of** the bad weather this morning, he insisted to go jogging.

▽ 精闢解析，別再誤用！

有兩個介系詞可以表達「儘管、雖然」，即 despite 和 in spite of。使用
despite 表示時，其後直接接名詞或是名詞子句；以 in spite of 表達時，需注意
不可以省略介系詞 of，其後也加名詞或是名詞子句。

Answer 第 1 句才是正確的英文說法。

057 beside / besides

Q 您介意我坐在您「旁邊」嗎？

1. Would you mind me sitting **beside** you?

2. Would you mind me sitting **besides** you?

▽ **精闢解析，別再誤用！**

beside 與 besides 是兩個誤用頻率很高的字。beside 為介系詞，表「在……旁邊」，而 besides 是介系詞，也是副詞，表「此外、除了……之外、而且」。當 besides 為介系詞時，如上述例句中接在受詞之前；表副詞時，則置於句首或句尾，表示該句話為對於先前情況的補充。

Answer 第 1 句才是正確的英文說法。

好不容易學完一個單元，先別急著開始新的學習，試試自己熟練了沒？
重點不是學多少，而是記住多少！

選擇題（I）哪一個才是正確的？

001. When will you ask your dream girl **in / out**?
你何時要邀你的夢中情人約會？

002. Unfortunately, the buyer backed **down / out** and decided not to sign the contract.
很不幸地，買家不守信用決定不簽合約了。

003. He was down **on / with** the flu and stayed at home all day yesterday.
他昨天得了流感，一整天都呆在家裡。

004. What are you up **to / for**?
你要搞什麼鬼？

005. The keys are **on / onto** the table.
鑰匙在桌上。

006. I am out **of / for** all my money.
我所有的錢都花光了。

007. He was beaten **out / up** by a vagabond in the street.
他在街上被一個流浪漢暴力攻擊。

008. We drank **to / in** our parents' health.
我們舉杯敬祝我們的父母身體健康。

009. Dry **off / up** the chair before you sit down.

在你坐下之前先擦乾椅子。

010. We need to find out what ate **into / up** our profits.

我們一定要找出是什麼吃掉了我們的利潤。

011. The wedding party ended **with / up** a group photo shooting.

這場婚禮在團體大合照之後結束了。

012. The king fell **under / on** the evil queen's influence.

國王受到了邪惡皇后的影響。

013. The cushion belongs **to / with** others in the sofa.

這個抱枕應該跟其他抱枕一起被放在沙發上。

014. The scandal will soon blow **over / out** and be forgotten.

這個醜聞很快就會告一段落並且被遺忘。

015. His excuses all boil **down / down to** one thing: money.

他的藉口，總而言之就是錢的問題啦。

016. Have you booked seats **on / in** the early flight?

你訂了早班的飛機票了嗎？

017. You have brought enough troubles **on / about** him.

你帶給他的麻煩已經夠多了。

018. This company is bringing **out / out in** a new model of the smart phone next year.

這家公司明年將要推出這款智慧型手機的新型號。

019. All the wood has been burnt **up / down**.

所有的木柴都被燒完了。

020. We need to make sure that we buy **in / into** lots of canned food before winter.

我們必須確定在冬天前買進大量的罐頭食品。

021. Can someone **call the doctor in / call on doctor**?

有人可以請醫生來嗎？

022. Don't care too much **about / for** what people think.

不要太在乎別人怎麼想。

023. Carry **on / on with** what you should do, no matter what they say.

不管他們說什麼，繼續堅持做你該做的事。

024. The little boy caught **at / up** my pants as I walked by.

這個小男孩在我經過時試圖抓住我的褲子。

025. I don't know how I got caught up **in / on** this fight.

我不知道我是怎麼被「捲入」這場紛爭中的。

026. How much did they charge you **for / with** fixing the car?

他們收你多少錢的修車費？

027. Police are certain that they will be able to chase him **down / off**.

警察有把握他們會抓到他。

028. You'd better check **in / on** two hours before the flight leaves.

你最好在飛機起飛前兩小時就到機場報到。

029. I can't believe that my boss came down **on / with** me in front of so many people.

我不敢相信我的上司當著這麼多人的面批評我。

030. The director came in **for / on** a lot of criticism over his handling of the scandal.

主任在處理這件醜聞上遭受了許多的批評。

031. I wonder if anything good can come **out of / with** this.
我很好奇這件事是否會帶來任何好的結果。

032. The concert didn't come up **to / with** our expectations.
這場演唱會不如我們預期的好。

033. "Do you want to go to the bar with us tonight?"
"Yes, count me **in / on**."
「今晚你要和我們一起去酒吧嗎？」「好啊，算我一份。」

034. Many people are crying **out against / for** nuclear power plant.
許多人極力反對核能電廠。

035. The doctor said that I must cut **down on / off** sugar.
醫生說我必須減少糖的攝取。

036. The animals in this region died **off / of** one by one.
這個區域的動物一個接一個地死光了。

037. I can't wait to dig **into / in** a warm meal.
我等不及要開始享用熱騰騰的一餐了。

038. The reality doesn't allow us to dine **on / out on** champagne every day.
現實狀況不允許我們每天用餐配香檳。

039. Are you ready to dive **in / into** another romantic relationship now?
你現在準備好投入另一段感情了嗎？

040. The young wife was planning on how to do **away with / with** her husband.
這個年輕的妻子計畫著如何除掉她的丈夫。

041. The arguments drew the meeting **out / back from** for a further 40 minutes.

爭吵的時間讓會議又拖長了四十分鐘。

042. I'll have to draw **on / up** my savings if I want to go back to school.

如果我要重回學校唸書，我就得動用我的存款了。

043. I can never remember the things I dream **of / up**.

我從來就沒辦法記得我夢到的事情。

044. My boss dressed me **down / up** for failing the project.

我的上司非常生氣地指責我搞砸了這個專案。

045. The teacher drilled the students **in / into** the use of the new vocabulary.

老師指導全班同學反覆練習新單字的用法。

046. I totally agree **to / with** you on this.

我在這件事上完全同意你。

047. His father warned him **to / of** the coming storm before Jeff went diving.

傑夫的爸爸在他去潛水前，曾警告過他有暴風雨要來。

048. We can **apply / apply for** the theory to practice.

我們可以將這個理論應用於實踐。

049. We have to **arrange / arrange for** the meeting about this case immediately.

關於這個案子我們得馬上安排一次會議。

050. I will be busy **attending / attending to** the baby this weekend.

這週末我會忙著照顧小嬰兒。

051. The flu virus **infected / be infected with** so many people.

很多人感染了流感病毒。

052. Are you going to get **married to / married** Charles?

妳打算嫁給查理斯嗎？

053. We have only two days to **prepare for / prepare** the text.

我們只有兩天準備考試了。

054. No critic considered this actor **worthy of / worthy** the name.

沒有任何一位評論家認為這位演員夠格。

055. When can you stop **complaining of / complaining** your terrible tour?

你什麼時候才能停止抱怨你那糟糕的旅行？

056. **In spite of / Despite** the conflict between two parties, they'd like to try to cooperate on this issue.

儘管雙方存在矛盾衝突，但在這件事情上他們願意合作。

057. She is good at playing piano. **Beside / Besides**, she also does well in dancing.

她擅長彈鋼琴，此外，舞跳得也非常好。

選擇題（II）選出正確的句子。

001. 你這次又想幹什麼好事？

☐ What are you up **to** this time?
☐ What are you up **for** this time?

002. 那年輕女孩嫁給這老人完全是因為貪圖他的錢。

☐ The young girl married the old man simply because she was out **for** his property.
☐ The young girl married the old man simply because she was out **of** his property.

003. 你能相信賴瑞在一年之內，就把他父親的遺產揮霍光了嗎？

☐ Can you believe that Larry ate **up** his fathers' inheritance within a year?
☐ Can you believe that Larry ate **into** his father's inheritance within a year?

004. 主持人將會致謝詞作為派對的結束。

☐ The host will end **up** the party with a thank-you speech.
☐ The host will end the party **with** a thank-you speech.

005. 現在吹熄蠟燭，許下你的生日願望吧！

☐ Now blow **over** the candles and make your birthday wishes.
☐ Now blow **out** the candles and make your birthday wishes.

006. 蠟燭燒光了之後，房間一片黑暗。

☐ The room turned dark after the candle burnt **up**.
☐ The room turned dark after the candle burnt **down**.

007. 彼得只有在缺錢的時候，才會去拜訪他的祖父母。

☐ Peter only calls **on** his grandparents when he is in need of money.
☐ Peter only calls **in** his grandparents when he is in need of money.

008. 我爸媽從不會當著其他人的面責備我。

☐ My parents never come down **with** me in the presence of others.
☐ My parents never come down **on** me in the presence of others.

選擇題篇（I）解答＆重點解析

001. Answer out
　　 學習重點 out 表示「向外」，而 **ask out** 指「約人出去約會」。

002. Answer out
　　 學習重點 out 表示「離開、退出」，用 **back out** 指「不信守承諾」。

003. Answer with

學習重點 with 表示 → 與……相關，be down with 則指人生病。

---

004. Answer to

學習重點 up 可表某人在做、在忙的事物，be up to →「做某件事」。

---

005. Answer on

學習重點 表示在……之上。

---

006. Answer of

學習重點 形容用完了、沒有剩下。

---

007. Answer up

學習重點 beat 也指身體上的毆打 → be beaten up 表「被暴力攻擊」。

---

008. Answer to

學習重點 表示舉杯以敬祝。

---

009. Answer off

學習重點 dry off 表示擦乾、讓水消失。

---

010. Answer into

學習重點 into 表示「深入、進入」，eat into 的主詞多可為事物。

---

011. Answer with

學習重點 end with 指 → 以某事作為結尾。

---

012. Answer under

學習重點 under 表「在……之下」，fall under 指「受到某事件的影響」。

---

013. Answer with

學習重點 with 亦可指「與……一起」；表事物應與其他東西在一起。

隨堂小測驗―解答＆重點解析

014. **Answer** over
學習重點 over 多指「結束」，因此 blow over 可代表事物結束。

015. **Answer** down to
學習重點 to 表「從 A 至 B」，boil down to 則指「簡而言之」。

016. **Answer** on
學習重點 on 可指搭上交通工具，book seats on 表預訂機票或交通工具。

017. **Answer** on
學習重點 on 有「開始」之意，bring on 指「招惹不愉快之事」。

018. **Answer** out
學習重點 out 表「出來、出現」，bring out 可指「推出新產品」。

019. **Answer** up
學習重點 可強調動詞動作的完成，形容木材被燒盡。

020. **Answer** in
學習重點 in 指「進入」，buy in 表「為了將來需求而大量買進」。

021. **Answer** call the doctor in
學習重點 in 指「進入」，表示「請人來幫忙」。

022. **Answer** about
學習重點 about 有「關於……」之意，表「在乎某人或某件事」。

023. **Answer** on
學習重點 on 即可指「繼續」，堅持某事、繼續向前。

024. **Answer** at
學習重點 at 可表「到達、到」之意，用手抓到東西。

025. **Answer** in
學習重點 in 表「在……之中」，caught up in 形容非自願地被捲入某種情境。

026. Answer for
學習重點 for 可表「以……計價」，charge for 指索取金額。

027. Answer down
學習重點 down 可指「完成的」，chase down 表示「抓到」。

028. Answer in
學習重點 in 表「進入」，check in 形容「報到以完成某程序」。

029. Answer on
學習重點 on 表「在……上」，come down on 後接人，表批評某人。

030. Answer for
學習重點 for 可表「在……方面」，表接受負面批評。

031. Answer out of
學習重點 out of 指「出現、變成」，A comes out of B 即為 B 造成 A。

032. Answer to
學習重點 to 指兩事相對應，而 A come up to B 表 A 與 B 一樣好。

033. Answer in
學習重點 in 表「加入……之中」，count sb. in 指「將某人算在內」。

034. Answer out against
學習重點 against 常表「反對」，cry out against 指極力反對。

035. Answer down on
學習重點 down 指「（數量）下降」，表示「減少某物品」。

036. Answer off
學習重點 off 可表「移開、相繼地」，用 die off 表示「相繼死去」。

037. Answer into
學習重點 into 指「進入……之中」，而 dig into 可表「大快朵頤」。

038. **Answer** on
　　學習重點 on 指「憑……、靠……」，故 dine on 指以昂貴食物為餐點。

039. **Answer** in
　　學習重點 in 指「在……之中」，dive in 指「熱切投入某事」。

040. **Answer** away with
　　學習重點 away 指「離開、除去」，用 do away with sb. 表示「殺掉某人」。

041. **Answer** out
　　學習重點 out 指「向外」時，draw out 可表時間被拉長、拖延。

042. **Answer** on
　　學習重點 on 表「依賴」時，draw on 指依賴某種援助（多指金錢）。

043. **Answer** of
　　學習重點 of 指「與……相關」時，dream of 描述「夢到……」。

044. **Answer** down
　　學習重點 down 表「情況變差」時，dress sb. down 指「責備某人過失」。

045. **Answer** in
　　學習重點 in 表「進入」，drill in 描述用「練習」讓人記住某事。

046. **Answer** with
　　學習重點 用 agree to 表示同意「事情」，agree with 後才可接人。

047. **Answer** of
　　學習重點 of 指「與……相關」，warn sb. of sth. 指「警告某人有某情況」。

048. **Answer** apply
　　學習重點 單用 apply 時，即表示「應用」。

049. **Answer** arrange
　　學習重點 arrange 為及物動詞，後接名詞表示「安排某事」。

050. Answer attending to

學習重點 to 表示對「對象」做某事，attend to 表示「照顧某人」。

051. Answer infect

學習重點 infect 為及物動詞，A infect B 表示「B 受 A 感染」。

052. Answer get married to

學習重點 get married 指結婚，其後需接 to 表示與某人結婚。

053. Answer prepare for

學習重點 當 for 表示「為了……」時，prepare for 指「替某事做準備」。

054. Answer worthy of

學習重點 worth of → 接名詞、動名詞；worthy of → 接名詞。

055. Answer complaining of

學習重點 about、of、to表「與……相關」，加在 complain 後指「抱怨事」。

056. Answer Despite

學習重點 表示事件的「前提」、「儘管」。

057. Answer Besides

學習重點 表示「此外、而且」，為副詞。

選擇題（II）解答＆重點答案

001. Answer 第1句

解析 be up for 表示「對某事或物熱烈期待或渴望」，而 be up to 則是指「打算做某事」之意。

002. Answer 第1句

解析 be out of 指某物「用完了」。be out for 指對某物「有所企圖」。

003. Answer 第1句

解析 eat into 表示「吃完某樣東西」。eat up 則用來表示「用盡或耗費（資源、預算等）」。

004. Answer 第2句

解析 end with... 是指「以某事做為結尾」。end up 則是指「在意料之外演變成某種情況」。

005. Answer 第2句

解析 blow over 表事情「結束、消散」。blow out 表「切斷、中止」某事，亦可用來表示吹熄蠟燭或火柴。

006. Answer 第1句

解析 burn up 是用來形容木柴等物「被火燒盡」。burn down 則是形容「建築物被燒毀」。

007. Answer 第1句

解析 call in ... 是指「請某人來幫忙」的意思。而 call on ... 則是指短暫的「拜訪」某人。

008. Answer 第2句

解析 come down on 是「責備、處罰」某人的意思。而 come down with ＋病名，則指「染上（某病）」。

CHAPTER

04／動詞

001 abandon / discard

Q 在你開始工作之前,先「丟掉」一些你不需要的東西吧。

1. **Discard** the things you don't need before you start to work.
2. **Abandon** the things you don't need before you start to work.

▽ 精闢解析,別再誤用!

abandon 和 discard 都有丟棄的意思。abandon 有拋下人、事、地、物而離開的意思。discard 則是將事物丟棄,或因對該事物已沒有需求而欲擺脫其束縛,有將不要的事物驅離於生活之外的意思。

Answer 第 1 句才是正確的英文說法。

002 absorb / take

Q 我告訴過你,做決定之前要「聽取別人意見」。

1. I've told you to **absorb other's advice** before you make the decision.
2. I've told you to **take other's advice** before you make the decision.

▽ 精闢解析,別再誤用!

absorb 有「吸收、吸取」的意思,如:吸收營養(absorb nutrients)、吸收能量(absorb the force),多表生理上的「吸收」;而 take 則表「得到、取得」,多出於個人意志的行動,故「聽取意見」可用 take advice 表示。

Answer 第 2 句才是正確的英文說法。

003 accept / receive

Q 一個客戶打電話來抱怨說他沒「收到」訂購的商品。

1. A client called to complain that he had not **received** the commodity he ordered.
2. A client called to complain that he had not **accepted** the commodity he ordered.

▽ 精闢解析,別再誤用!

accept 和 receive 在這裡都是接受的意思。accept 是指在「表示同意後」接受,如接受邀請(accept an invitation);receive 則是在「未被徵詢意願的情況下」接收物品,如接收郵件包裹(receive a parcel)。

Answer 第 1 句才是正確的英文說法。

004 accomplish / complete

Q 除非你「完成」作業，否則不能出去。

1. You cannot go out unless you **complete** your homework.

2. You cannot go out unless you **accomplish** your homework.

▽ 精闢解析，別再誤用！

accomplish 和 complete 都有完成的意思。accomplish 是指完成或實現某件事，有達到目標的含義；而 complete 則只是單純地做完了某件事情，至於成果如何則不知道。

Answer 第 1 句才是正確的英文說法。

005 add / increase

Q 他「加了」點鹽，給魚調味。

1. He **increased** some salt to season the fish.

2. He **added** some salt to season the fish.

▽ 精闢解析，別再誤用！

add 和 increase 都有增加的意思；add 是把一樣東西加在另一樣東西上，目的可以是為了增加數量或是為了做整體上的改善；而 increase 則是讓增加某件事物的數量或尺寸。

Answer 第 2 句才是正確的英文說法。

006 advise / counsel

Q 那名教授「指導」他的學生如何著手進行畢業論文。

1. The professor **advised** the student on how to start on writing his graduation thesis.

2. The professor **counseled** the student on how to start on writing his graduation thesis.

▽ 精闢解析，別再誤用！

advise 和 counsel 都有勸告、忠告的意思。advise 是給予某人在特定狀況下，該怎麼做的意見；counsel 則有與人商討後給予提議，並含有輔導的意思。

Answer 第 2 句才是正確的英文說法。

007 adjust / modify

Q 對大部分的外國人來説，「適應」中國習俗是很困難的。

1. It is difficult for most foreigners to **adjust** themselves to Chinese customs.

2. It is difficult for most foreigners to **modify** themselves to Chinese customs.

▽ 精闢解析，別再誤用！

adjust 和 modify 在這裡都有調整的意思。adjust 是做些微調整以求適應整體狀況；modify 則是針對計畫、想法或是行為模式做輕微的修改，通常是改善使之更可被接受。

Answer 第 1 句才是正確的英文説法。

008 affect / effect

Q 人們相信全球暖化的現象「影響了」地球的環境。

1. It is believed that the global warming **affects** the climate of the earth.

2. It is believed that the global warming **effects** the climate of the earth.

▽ 精闢解析，別再誤用！

affect 和 effect 在這裡都有影響的意思。affect 是對事或物有影響，或造成它們的改變。effect 是達成某件事、促使某件事發生或導致產生某種結果。

Answer 第 1 句才是正確的英文説法。

009 maintain / remain

Q 你有權利「保持」緘默。

1. You have the right to **maintain** silent.

2. You have the right to **remain** silent.

▽ 精闢解析，別再誤用！

maintain 和 remain 都有保持的意思，其差異在於 maintain 常用來表示將事物維護、保持在良好的狀態，如 maintain a marriage（維持一段婚姻）。 remain 則是使某狀態持續不變，如 The room remains clean.（房間保持乾淨。）。

Answer 第 2 句才是正確的英文説法。

010 live / stay

Q 你在倫敦這段時間要「住」哪兒？

1. Where are you going to **stay** during your visit to London?
2. Where are you going to **live** during your visit to London?

▽ 精闢解析，別再誤用！

表示在某個地方長期居住生活，用的是 live 這個字，如 I used to live in London.（我曾經住在倫敦。）。stay 則是指短時間停留時的「暫住」，如 Which hotel are you staying?（你住在哪間飯店？）。

Answer 第 1 句才是正確的英文說法。

011 agree / approve

Q 經理沒有「准」我明天請假。

1. The manager didn't **agree** my request for a leave tomorrow.
2. The manager didn't **approve** my request for a leave tomorrow.

▽ 精闢解析，別再誤用！

agree 和 approve 都有同意的意思。agree 用來表示意見相同，或是接受某一個建議或贊成某一想法；approve 則是表示同意接受、准許某件事。

Answer 第 2 句才是正確的英文說法。

012 amend / emend

Q 校規去年就做過「修改」了。

1. The school regulation was **emended** last year.
2. The school regulation was **amended** last year.

▽ 精闢解析，別再誤用！

amend 和 emend 都有修改、校正的意思。amend 是指更改法律、規定或章程之內容；而 emend 則常用來指更正或修改文章內容。

Answer 第 2 句才是正確的英文說法。

常見文法問題＆文法易犯錯誤

013 correct / revise

Q 請把你的故事「改得」簡短一點。

1. Please **revise** your story to make it briefer.
2. Please **correct** your story to make it briefer.

▽ 精闢解析，別再誤用！

correct 與 revise 乍看下都有更正、修改的意思，但是 correct 通常是用在將錯誤的改正為正確的，如 correct a mistake（改正錯誤）。而 revise 則有稍微修改、修訂（任何不恰當的部分，不一定是錯誤）以更符合需求之含意。

Answer 第 1 句才是正確的英文說法。

014 amuse / entertain

Q 他是個很好客的人，時常「招待」朋友來家裡。

1. He is very hospitable that he often **amuses** his friends at his apartment.
2. He is very hospitable that he often **entertains** his friends at his apartment.

▽ 精闢解析，別再誤用！

amuse 和 entertain 都有娛樂他人的意思，兩個字可以互通。不過若要表示邀請、款待，則就只能用 entertain 而不能用 amuse。

Answer 第 2 句才是正確的英文說法。

015 announce / declare

Q 他「宣稱」他的麵包是全世界最好吃的。

1. He **declared** that his bread is the most delicious in the world.
2. He **announced** that his bread is the most delicious in the world.

▽ 精闢解析，別再誤用！

announce 和 declare 都有「公開宣布」的意思。announce 是將既定的事實公開，陳述給大家知道，語氣上會比較平淡；declare 則有「聲稱、斷言」的意味，語氣上比較強烈。

Answer 第 1 句才是正確的英文說法。

016 annoy / bother

Q 別拿我們的家務事「讓」她「心煩」。

1. Don't **bother** him with our family issues.
2. Don't **annoy** him with our family issues.

▽ 精闢解析，別再誤用！

annoy 和 bother 都有惹惱、使惱怒的意思。annoy 表示因為受到令人不快之事打擾而生氣；而 bother 則是惱火的程度稍微小於 annoy。bother 另有表示煩惱、擔心的意思，如：Don't bother. 就是「不用麻煩。」。

Answer 第 1 句才是正確的英文說法。

017 argue / quarrel

Q 球員跟裁判「爭論」他的判決。

1. The players **argued** with the referee about his judgment.
2. The players **quarreled** with the referee about his judgment.

▽ 精闢解析，別再誤用！

argue 和 quarrel 乍看之下都是表示「爭吵」的同義字。然而 quarrel 有因為不和、反對而責備吵鬧之含義；argue 則帶有認為自己是對的，而「據理力爭」的意思。

Answer 第 1 句才是正確的英文說法。

018 appoint / assign

Q 林先生將實習生「派到」總務處工作。

1. Mr. Lin **assigned** the intern to the General Affairs Section.
2. Mr. Lin **appointed** the intern to the General Affairs Section.

▽ 精闢解析，別再誤用！

appoint 和 assign 都有「指派工作給人」的意思，但 appoint 是用來表示「指派或任命某人擔任某個職務」，用法為 appoint someone as／to ＋職務名稱，如 appoint Jack to the position of Finance Manager（任命傑克擔任財務經理一職）；assign 則是「指派某人到某個地方工作」，用法為 assign someone to ＋工作地點，如 assign Jack to the storehouse（指派傑克到倉庫工作）。

Answer 第 1 句才是正確的英文說法。

019 assume / presume

Q 我「猜」你就是 John 的哥哥，對嗎？

1. You are John's brother, I **presume**?
2. You are John's brother, I **assume**?

▽ 精闢解析，別再誤用！

assume 和 presume 在這裡都有「以為」的意思。assume 是未經疑問或證實就認為某件事情為真；presume 則是雖然不太確定，但仍作出有把握的猜測。

Answer 第 1 句才是正確的英文說法。

020 assure / ensure

Q 醫生向他們「保證」他們的父親會康復。

1. The doctor **assured** them of their father's recovery from the illness.
2. The doctor **ensured** them of their father's recovery from the illness.

▽ 精闢解析，別再誤用！

assure 和 ensure 在這裡都有「保證、擔保」的意思，且都可以接 that 引導名詞子句，但兩者用法仍略有不同。assure 接受詞後，可接「介系詞 of ＋名詞」，表示「向某人擔保某事」；但 ensure 則無此用法。

Answer 第 1 句才是正確的英文說法。

021 manufacture / produce

Q 我們公司專門從事汽車「製造」已經超過十年了。

1. Our company has been specializing in **producing** cars for over a decade.
2. Our company has been specializing in **manufacturing** cars for over a decade.

▽ 精闢解析，別再誤用！

manufacture 和 produce 都有「生產或製造」的意思，差異在於 manufacture 通常是指利用公司工廠機器大量製造，而 produce 指的是較小產量的生產。

Answer 第 2 句才是正確的英文說法。

022 attribute / contribute

Q 她將擁有苗條身材「歸功於」健康的飲食。

1. She **attributed** her slender figure to healthy diet.

2. She **contributed** her slender figure to healthy diet.

▽ 精闢解析，別再誤用！

attribute 和 contribute 都有「歸功於……」的意思，不過用法是相反的。
attribute 是將結果 attribute to 原因，如 attribute good health to regular
exercise（將良好的健康歸功於規律的運動）；而 contribute 則是把原因
contribute to 結果，有「促成」之含義。

Answer 第 1 句才是正確的英文說法。

023 damage / harm

Q 一場大地震發生，「毀損」了這個村落。

1. A big earthquake occurred and **damaged** the village.

2. A big earthquake occurred and **harmed** the village.

▽ 精闢解析，別再誤用！

harm 和 damage 都有損壞的意思，但 harm 多用來表示對人的身體或精神造
成傷害，如 harm one's feelings（傷害某人的感情）；而 damage 則多用來表
示對物品的損害。

Answer 第 1 句才是正確的英文說法。

024 love / adore

Q 沒有人會像我父母那樣地「愛」我。

1. No one **adores** me as much as my parents do.

2. No one **loves** me as much as my parents do.

▽ 精闢解析，別再誤用！

love 和 adore 都有「愛」的意思。love 可用來廣泛表示各種關係的愛，如：情
愛、友愛、親子之愛等，也可表達對事、物的喜愛。而 adore 則常用來表達對
情人的愛慕之情，或對某人的敬重之意；adorer 是崇拜者、愛慕者的意思。
adore 也可表達對事、物的喜愛，但程度上比 love 更強烈。

Answer 第 2 句才是正確的英文說法。

025 melt / dissolve

Q 春天來臨時雪就「融化」了。

1. The snow **melts** when spring comes.
2. The snow **dissolves** when spring comes.

▽ 精闢解析，別再誤用！

melt 和 dissolve 都有「融化或溶解」的意思，差別在於 melt 是從固體變成液體，而 dissolve 則是固體溶於液體中。

Answer 第 1 句才是正確的英文説法。

026 cheat / deceive

Q 彼得今天被抓到考試「作弊」。

1. Peter was caught **cheating** in the exam today.
2. Peter was caught **deceiving** in the exam today.

▽ 精闢解析，別再誤用！

cheat 和 deceive 都有「欺騙」的意思。deceive 主要是表示「以不實的言語哄騙、蒙蔽他人」，而 cheat 則除了表示「行騙、哄騙」之外，另有表示「（考試時）作弊」，或是「（對情人、配偶）不忠貞」之意。

Answer 第 1 句才是正確的英文説法。

027 check / examine

Q 醫生仔細地「檢查」男人的身體，並發現他胃裡有個腫瘤。

1. The doctor **checked** the man thoroughly and found a tumor in his stomach.
2. The doctor **examined** the man thoroughly and found a tumor in his stomach.

▽ 精闢解析，別再誤用！

check 和 examine 都有「檢查」的意思。check 常用來表示「快速地確認、檢查某事或某人是否正確、安全或合適」；而 examine 則是「小心且仔細地做檢查」。

Answer 第 2 句才是正確的英文説法。

028 choose / select

Q **他「選擇」跟妻子離婚，而非原諒她。**

1. He **choose** to divorce his wife instead of forgiving her.
2. He **selected** to divorce his wife instead of forgiving her.

▽ 精闢解析，別再誤用！

choose 和 select 都有「挑選」的意思，兩者都可表示「從兩個以上的東西或可能性之中決定出想要的」。兩者之間的差異在於 choose 還有「選擇做……」之意，用法為 choose to V.

Answer 第 1 句才是正確的英文說法。

029 collect / gather

Q **「收集」外國錢幣是他的嗜好。**

1. It is his hobby to **collect** foreign coins.
2. It is his hobby to **gather** foreign coins.

▽ 精闢解析，別再誤用！

collect 和 gather 都有「收集」的意思。collect 是將同一類的東西收集在一起，例如：郵票或錢幣；gather 則單純表示收集，不一定是同一種東西，例如：gather dust（積灰塵）、gather materials（收集資料）。

Answer 第 1 句才是正確的英文說法。

030 memorize / remember

Q **腦部手術之後，他什麼也不「記得」了。**

1. He **remembered** nothing after the brain surgery.
2. He **memorized** nothing after the brain surgery.

▽ 精闢解析，別再誤用！

memorize 和 remember 這兩個字乍看之下似乎是同義字，因為都是「記住」的意思。然而這兩個字其實用法並不相同，memorize 是「背誦、記憶」之意，如memorize a poem（背一首詩）；而 remember 則是將資訊記在腦中。

Answer 第 1 句才是正確的英文說法。

常見文法問題＆文法易犯錯誤

031 combine / merge

Q 他們即將把業務部門和公關部門「合併」起來。

1. They are going to **merge** the Sales Department with the Public Relation Department.
2. They are going to **combine** the Sales Department with the Public Relation Department.

▽ 精闢解析，別再誤用！

combine 和 merge 都有「合併」的意思，但是使用範圍有所不同，不能任意互通。combine 是「將兩者以上的事物結合在一起成為單一物品或團體，如 combine the two divisions（合併兩個部門）；而 merge 則只能用在表示「公司的合併」。

Answer 第 2 句才是正確的英文說法。

032 hope / expect

Q 我沒「料到」會發生這種事。

1. I didn't **expect** this to happen.
2. I didn't **hope** this to happen.

▽ 精闢解析，別再誤用！

hope 和 expect 都有「希望」的意思。hope 表示「希望、盼望」，如 I hope to see you soon.（我希望能很快看到你。）。而 expect 除表「期望」之外，還有「預料、預期某事會發生」的含義。

Answer 第 1 句才是正確的英文說法。

033 speak / say

Q 我不會說「日文」。

1. I can't **say** Japanese.
2. I can't **speak** Japanese.

▽ 精闢解析，別再誤用！

speak 和 say 都有「說」的意思。但是 speak 主要用來表示「說話、陳述意見」，且若是要表示「說某種語言」，一定要用 speak 這個字。say 則有「說、講、講述」之意，如 Do you have anything to say?（你有什麼話要說嗎？）。

Answer 第 2 句才是正確的英文說法。

034 confront / face

Q 他想買一間「面」湖的房子。

1. He wants to buy a house that **confronts** the lake.
2. He wants to buy a house that **faces** the lake.

▽ 精闢解析，別再誤用！

confront 和 face 都有「面對」的意思。不過要注意的是 confront 的主詞通常是人或動物，主要是表達「面臨或遭遇某種情況、勇敢地正視……」之意，受詞多指抽象的概念。而 face 則無此限制，如 a house 可以 face a river（面對河流），但是不能 confront a river。

Answer 第 2 句才是正確的英文說法。

035 conqure / overcome

Q 該帝國「征服」了所有的鄰國。

1. The Empire **overcame** all its neighboring countries.
2. The Empire **conquered** all its neighboring countries.

▽ 精闢解析，別再誤用！

conquer 和 overcome 都有「克服難題」的意思，如 conquer the fear of dark ＝ overcome the fear of dark（克服對黑暗的恐懼）。但 conquer 另有「以武力征服領土或群眾」的意思。

Answer 第 2 句才是正確的英文說法。

036 consider / think

Q 我「認為」她會遲到。

1. I **think** she will be late.
2. I **consider** she will be late.

▽ 精闢解析，別再誤用！

consider 和 think 都有「考慮或認為」的意思。但是 consider 通常是表示比 think 更深入且全面的「思索、細想」，甚至可以表示關心。若要表示單純的「想、認為」，則通常用 think 即可。

Answer 第 1 句才是正確的英文說法。

037 convince / persuade

Q 她被「說服」買下了一台新的吸塵器。

1. She was **convinced** to buy a new vacuum cleaner.
2. She was **persuaded** to buy a new vacuum cleaner.

▽ 精闢解析，別再誤用！

convince 和 persuade 都有「說服」的意思。convince 主要是表示說服他人改變想法，使之相信自己所說的；而 persuade 則是企圖改變別人的想法，使之作出某種行為。

Answer 第 2 句才是正確的英文說法。

038 decline / reject

Q 茱莉亞「拒絕」了老闆的晚餐邀約。

1. Julia **declined** her boss's invitation to dinner.
2. Julia **rejected** her boss's invitation to dinner.

▽ 精闢解析，別再誤用！

decline和reject都有「拒絕」的意思，不過拒絕的方式並不相同。decline為「婉拒」之意，通常是用來拒絕他人的邀請；而reject則是斷然拒絕，或用來表示駁斥他人的提議。

Answer 第 1 句才是正確的英文說法。

039 decorate / furnish

Q 他以一張長的皮沙發「佈置」客廳。

1. He **furnished** his living room with a long leather sofa.
2. He **decorated** his living room with a long leather sofa.

▽ 精闢解析，別再誤用！

decorate 和 furnish 都有「裝潢、佈置」的意思，但是 decorate 指的是裝飾品部份的佈置，如 decorate the room with a huge picture（以一巨幅照片佈置房間）。而 furnish 則是指家具的擺設、配置等。

Answer 第 1 句才是正確的英文說法。

040 deliver / send

Q 派報員的工作就是「送」報。

1. The newsboy's job is to **deliver** papers.

2. The newsboy's job is to **send** papers.

▽ 精闢解析，別再誤用！

deliver 和 send 是兩個常被搞混的動詞，很多人常在使用上發生錯誤。deliver 表示「投遞、運送」，是將貨物、信件或包裹送達到家裡或工作的地方，如 deliver the goods（運送貨物）。而 send 則是表示「發送、郵寄」的方式讓物品從某地到達另一地。

Answer 第 1 句才是正確的英文說法。

041 demand / request

Q 我們老闆「要求」我們在一星期內完成這個案子。

1. Our boss **requested** that we finish the project in a week.

2. Our boss **demanded** that we finish the project in a week.

▽ 精闢解析，別再誤用！

demand 和 request 都有「要求」的意思，但是 demand 的要求較具強迫意味，且大多不容拒絕，通常用於「上對下」的要求；而 request 則是屬於比較禮貌性的請求。

Answer 第 2 句才是正確的英文說法。

042 detect / find

Q 我很震驚地「發現」Jack 對我不忠。

1. I was shocked to **detect** that Jack was cheating on me.

2. I was shocked to **find** that Jack was cheating on me.

▽ 精闢解析，別再誤用！

detect 和 find 都有「發現」的意思。detect 是用來表示「仔細觀察後，察覺到隱藏或不明顯的事物」；而 find 則表示「不經意地發現某事的存在」。

Answer 第 2 句才是正確的英文說法。

043 fit / match

Q 這裙子的顏色跟你的襯衫顏色不「搭」。

1. The color of the skirt doesn't **fit** that of your shirt.

2. The color of the skirt doesn't **match** that of your shirt.

▽ 精闢解析，別再誤用！

match 和 fit 都有「適合」的意思，但是 match 是用來表示「兩個事物搭配起來很適合」；而 fit 則是有「與……相稱，適合於……」之意，如 The skirt fits me perfectly.（這裙子我穿起來十分合身。）。

Answer 第 2 句才是正確的英文說法。

044 discover / find

Q 你是在哪裡「發現」這個皮包的？

1. Where did you **find** this purse?

2. Where did you **discover** this purse?

▽ 精闢解析，別再誤用！

discover 和 find 從中文釋義看來都是「發現」的意思，但這兩個字所代表的含義及用法可大大不同。discover乃用來表示「發現過去沒人知道其存在的事物」，如discover the Americas（發現新大陸）；而 find 則常用來表示「發現某個事實」或「找到某樣遺失的物品」，如 find out the truth（發現實情）。

Answer 第 1 句才是正確的英文說法。

045 invent / create

Q 是旅遊業每年「創造出」數以千計的工作機會。

1. It is tourism that **creates** thousands of job opportunities every year.

2. It is tourism that **invents** thousands of job opportunities every year.

▽ 精闢解析，別再誤用！

invent 和 create 都有「創造」的意思，都是表示「將某種東西從無到有的產生出來」。invent 偏向「實物的發明」，而 create 除了「實物的創造」之外，另可作「產生、引起」解。

Answer 第 1 句才是正確的英文說法。

046 disgust / hate

Q 老實説，我很「討厭」看到你跟那傢伙講話。

1. In fact, I **disgust** to see you talking to the guy.
2. In fact, I **hate** to see you talking to the guy.

▽ 精闢解析，別再誤用！

disgust 和 hate 都有「厭惡」的意思，乍看之下會以為這兩個字是同義字，但其實兩個字的用法並不相同。hate 的主詞為人，是去厭惡人或事物；而 disgust 的主詞可以為物，是使人厭惡。

Answer 第 2 句才是正確的英文説法。

047 advance / improve

Q 我在努力「提升」我的英語水準。

1. I'm trying to **advance** my English.
2. I'm trying to **improve** my English.

▽ 精闢解析，別再誤用！

advance與 improve 都有「改進」的意思，但是 advance 是用於描述「與時序有關的」改進、進步；而 improve 多指「讓事物變得更好、改善」，與「本身品質」有關，如上述例句。

Answer 第 2 句才是正確的英文説法。

048 advise / advice

Q 我朋友「建議」我要鍛鍊身體。

1. My friend **advised** me to take some exercises.
2. My friend **adviced** me to take some exercises.

▽ 精闢解析，別再誤用！

英文的動詞與名詞有時兩者拼法相同，如 ride 動詞表示騎乘，名詞指交通工具的「一趟」；亦有型態不同的，如 decorate（裝飾）與其名詞 decoration。而「建議」的動、名詞拼法有些微差異，其動詞為 advise，名詞為 advice，為不可數名詞。

Answer 第 1 句才是正確的英文説法。

049 beat / hit

Q 箱子狠狠地「砸」在我身上。

1. The box **beat** me badly.
2. The box **hit** me badly.

▽ 精闢解析，別再誤用！

beat 和 hit 都有「擊、打」的意思，但是 beat 一般指「連續打擊」，指生理上的毆揍，或兩人打架；hit 則強調「強而有力的一擊」，常描述物與人、或物與物間的碰撞，如 the car hit the tree（車子撞到樹。）。

Answer 第 2 句才是正確的英文說法。

050 born / give birth

Q 昨晚我姐姐「生小寶寶」了。

1. Last night my sister **born a baby**.
2. Last night my sister **gave birth to a baby**.

▽ 精闢解析，別再誤用！

動詞 bear（生育）的過去分詞型態為 born，表示「出生」，也可用主動用法表示「生孩子」，如 She bore three kids.（她生了三個小孩。），但不常用。用主動用法表某人「生」小孩，多以片語 give birth to 來說明。

Answer 第 2 句才是正確的英文說法。

051 close / turn off

Q 我離開之前忘記「關」燈了。

1. I forgot to **close** the light before I left.
2. I forgot to **turn off** the light before I left.

▽ 精闢解析，別再誤用！

在英語中一般用來指關閉電器（電燈、電冰箱、電腦等）電源的說法是 turn off，或者 switch off。close 一般指空間概念的關閉，比如：關閉門窗、商店或者盒子等。

Answer 第 2 句才是正確的英文說法。

052 disturb / bother

Q 你一直「打斷」我們的談話，真的讓我很困擾。

1. That you keep interrupting our conversation really **bothers** me.
2. That you keep interrupting our conversation really **disturbs** me.

▽ 精闢解析，別再誤用！

disturb 和 bother 都有「打擾」的意思。disturb 是指妨礙他人，對他人造成干擾；bother 則是用事情煩擾他人，給對方造成麻煩或困擾，如 Don't bother him with our family issues.（別拿我們家務事去煩他。）。

Answer 第 1 句才是正確的英文說法。

053 divide / separate

Q 我媽媽把蛋糕「分成」四片。

1. My mother **separated** the cake into four pieces.
2. My mother **divided** the cake into four pieces.

▽ 精闢解析，別再誤用！

divide 和 separate 都有「分開、分割」的意思。divide 是「將一個東西分成數等分」，如 divide the class into three groups（將班上學生分成三組）；而 separate 則表示「使人或事物分散、分離」，並且有指「夫妻分居」的意思。

Answer 第 2 句才是正確的英文說法。

054 reform / change

Q 該總統候選人承諾當選後將「改革」政府。

1. The presidential candidate promised to **reform** the government after he won the election.
2. The presidential candidate promised to **change** the government after he won the election.

▽ 精闢解析，別再誤用！

reform 指的是改革，亦即針對現有狀況不適當之處進行改造或改良，而 change 則是指改變，也就是變化原有狀態，使之與原來不相同。就改變程度而言，change 的幅度大於 reform。

Answer 第 1 句才是正確的英文說法。

055 immigrate / emigrate

Q Joe 的家人計畫從澳洲「移民」到美國。

1. Joe's families are planning to **immigrate** from Australia to America.
2. Joe's families are planning to **emigrate** from Australia to America.

▽ 精闢解析，別再誤用！

從一個國家移民到另一個國家，移民出境，要用 emigrate；而如果說是從別的國家移民到自己的國家，也就是移民入境，要用 immigrate。

Answer 第 2 句才是正確的英文說法。

056 learn / study

Q 我從七歲就開始「學」英語了。

1. I have **studied** English since I was 7 years old.
2. I have **learned** English since I was 7 years old.

▽ 精闢解析，別再誤用！

兩個詞均表示學習的意思，但是 learn 多用來指學習的初級階段或帶有模仿性的操作技藝，更側重指學到的成果；study 常用來指較高階段或者縝密的研究，側重指學習過程。例句的意思是我學習英語已經很多年，強調其中的過程，應該用 study 更恰當。

Answer 第 1 句才是正確的英文說法。

057 doubt / suspect

Q 我「懷疑」他偷了我的錢。

1. I **doubt** that he stole my money.
2. I **suspect** that he stole my money.

▽ 精闢解析，別再誤用！

doubt 和 suspect 都有「懷疑、不信任」之意，兩個動詞後面接名詞作受詞時，幾乎可說是同義字，如 I doubt the truth of his testimony. = I suspect the truth of his testimony.（我懷疑他的證詞的真實性。）。但若動詞後接 that 子句，則兩者所代表意義並不相同。doubt ＋ that 子句表示「不相信某件事」，而 suspect ＋ that子句則是「疑有某件事之存在」。

Answer 第 2 句才是正確的英文說法。

058 miss / lose

Q 昨天我把手錶給「弄丟」了。

1. I **missed** my watch yesterday.
2. I **lost** my watch yesterday.

▽ 精闢解析，別再誤用！

miss 和 lose 都可以表示「丟失」，但是 miss 的主詞一般是物，某物下落不明可表示為 sth. is missing.。第一個例句的意思會被理解為「我昨天想念我的手錶了」，表示「某人丟失某物」，主詞為人時，動詞要用 lose 來表達。

Answer 第 2 句才是正確的英文說法。

059 drill / train

Q 老師每天「訓練」學生說英文。

1. The teacher **drilled** his students in speaking English every day.
2. The teacher **trained** his students in speaking English every day.

▽ 精闢解析，別再誤用！

drill 和 train 都有「練習或訓練」的意思。drill 是指「使人重複地練習某件事以臻熟練」；而 train 則是「為了達到某個目的使人或動物學習某種技能」，如 train the dog to sit（訓練狗坐下）。

Answer 第 1 句才是正確的英文說法。

060 eat / take

Q 你應該每四個小時「吃」一次藥。

1. You should **eat** the medicine every four hours.
2. You should **take** the medicine every four hours.

▽ 精闢解析，別再誤用！

eat 指「進食」，常帶有要生存而吃東西的意味，但也可指人或動物進食的習慣，為一生理需求；而「吃藥」時，其「吃」的概念應理解為「主動服藥」，與「進食」的關係小，故吃藥的固定動詞搭配，為亦可表示「接受」的 take。

Answer 第 2 句才是正確的英文說法。

061 eat / have

Q 我今晚將和老婆「享用」一頓燭光晚餐。

1. I'm going to **have** a candlelight dinner with my wife tonight.

2. I'm going to **eat** a candlelight dinner with my wife tonight.

▽ 精闢解析，別再誤用！

eat 和 have 都能做「吃東西」解，但 eat 強調的是「吃」的動作，如 Eat up your breakfast!（吃光你的早餐！）。而 have 卻含有「享用食物」之意，如 I'll have a sandwich for breakfast.（我將吃一個三明治當早餐。）。

Answer **第 1 句才是正確的英文說法。**

062 employ / hire

Q 林太太上禮拜「聘請」了一個褓母。

1. Mrs. Lin **hired** a babysitter last week.

2. Mrs. Lin **employed** a babysitter last week.

▽ 精闢解析，別再誤用！

employ 和 hire 都有「雇用」的意思。employ 通常表示是比較長期而正式的雇用，可享有完整的公司福利；若要表示短期聘雇，且僅提供有限福利，或強調「聘雇」這個動作，則通常用 hire 這個字。

Answer **第 1 句才是正確的英文說法。**

063 be

Q 「將有」二十個人參加聚會。

1. **There will have** twenty persons joining in the party.

2. **There will be** twenty persons joining in the party.

▽ 精闢解析，別再誤用！

there be 是英語中表示「有」的固定句式，表示某地有某物的存在關係；而 have 也是「有」的意思，表示某人有某物的個人所屬關係；不存在 there will have 這種混合的句式。

Answer **第 2 句才是正確的英文說法。**

064 enlarge / expand

Q 我想「放大」這張照片。

1. I'd like to **enlarge** this photo.
2. I'd like to **expand** this photo.

▽ 精闢解析，別再誤用！

enlarge 和 expand 都有「擴大尺寸、規模、數量或重要性」的意思，但若要表示將圖片或文件「放大」，就只能用 enlarge 這個字。

Answer 第 1 句才是正確的英文說法。

065 estimate / evaluate

Q 在我們給你加薪之前，必須先「評估」你的工作表現。

1. We need to **evaluate** your performance before we give you a raise.
2. We need to **estimate** your performance before we give you a raise.

▽ 精闢解析，別再誤用！

estimate 和 evaluate 在這裡都有估計的意思。estimate 是針對事物的價值、大小或價錢做猜測；而evaluate 則是計算或判斷事物的品質、重要性或數量。

Answer 第 1 句才是正確的英文說法。

066 express / say

Q 他想用一封信來「表達」他的感激。

1. He wants to **express** his appreciation with a letter.
2. He wants to **say** his appreciation with a letter.

▽ 精闢解析，別再誤用！

express 和 say 在這裡都有「表達感覺、意見或事情」的意思。say 是以開口說話的方式，express 則未拘形式。

Answer 第 1 句才是正確的英文說法。

067 drift / float

Q 派對結束後，人群開始「散」去。

1. After the party was over, people began to **drift** away.
2. After the party was over, people began to **float** away.

▽ 精闢解析，別再誤用！

float 和 drift 在這裡都有「漂流、漂動」的意思。float 是在液體或氣體中移動，drift 則無此限制。

Answer 第 1 句才是正確的英文說法。

068 forbid / prohibit

Q 法律「禁止」在此處釣魚。

1. It is **prohibited** to fish here.
2. It is **forbidden** to fish here.

▽ 精闢解析，別再誤用！

forbid 和 prohibit 在這裡都有禁止做某件事情的意思。forbid 可用於一般表示「禁止」某種行為，如 He is forbidden to go out.（他被禁止外出。）。而 prohibit 通常用來表示「法律或法規上」的禁止。

Answer 第 1 句才是正確的英文說法。

069 mirror / reflect

Q 寧靜的湖面「倒映」了周圍的山。

1. The placid lake **reflects** the surrounding mountains.
2. The placid lake **mirrors** the surrounding mountains.

▽ 精闢解析，別再誤用！

mirror 和 reflect 都有反應的意思。mirror 是忠實地顯現出某件事，reflect 則是指反射光、熱、聲音和影像。

Answer 第 1 句才是正確的英文說法。

070 gamble / bet

Q 我「打賭」他上學又要遲到了。

1. I **gamble** that he will be late for school again.

2. I **bet** that he will be late for school again.

▽ 精闢解析，別再誤用！

gamble 和 bet 在這裡都有賭博的意思。gamble 是做冒險的動作，可能會導致金錢虧損或是事情失敗。bet 則是將錢押注在競賽或事件的結果上，希望贏取更多的錢，或是確信某件事一定會發生而與人打賭。

Answer 第 2 句才是正確的英文說法。

071 gaze / glance

Q 他們愛慕地「凝視」著彼此。

1. They **gazed** at each other with great affection.

2. They **glanced** at each other with great affection.

▽ 精闢解析，別再誤用！

gaze 和 glance 在這裡都有「看」的意思。兩者之間的差異在於 gaze 是用來表示在驚訝、讚賞或是在想事情的情況下，長時間看著某人或某東西；glance 則是快速而短暫地瞥一眼。

Answer 第 1 句才是正確的英文說法。

072 help / assist

Q 這本手冊很有「幫助」。

1. This manual **assisted** a lot.

2. This manual **helped** a lot.

▽ 精闢解析，別再誤用！

help 和 assist 都有「幫助、協助」之意。help 意指「幫忙做某事」，而 assist 則有「從旁協助一起完成某事」之意。help 另可做「有助於……；有用」解，若要表示某人一點都幫不上忙，可說 You're not helping at all.

Answer 第 2 句才是正確的英文說法。

073 hear / listen

Q 我不能從教室後面聽到你的聲音。

1. I can't **listen to** you from the back of the classroom.

2. I can't **hear** you from the back of the classroom.

▽ 精闢解析，別再誤用！

hear 和 listen 都有「聽」的意思。兩者之間的差異在於 hear 指的是耳朵接收聲音，也就是「聽到、聽見」，如 Can you hear me?（聽得到我的聲音嗎？）。而 listen 則有「用心聽」的意思，如 Listen to me!（聽我說！）。

Answer 第 2 句才是正確的英文說法。

074 mislead / confuse

Q 他對這則消息異乎尋常的反應讓每個人感到「困惑」。

1. His abnormal reaction to the news **misled** everybody.

2. His abnormal reaction to the news **confused** everybody.

▽ 精闢解析，別再誤用！

mislead 意指「使人產生錯誤想法」，如 His ambiguous attitude misled many girls.（他曖昧不明的態度讓許多女孩子上當。）。而 confuse 則是「把人弄糊塗」，或「使某事變得難以理解」。

Answer 第 2 句才是正確的英文說法。

075 hike / walk

Q 咱們晚餐沿著河「散步」回家吧。

1. Let's **walk** home along the river after dinner.

2. Let's **hike** home along the river after dinner.

▽ 精闢解析，別再誤用！

hike 和 walk 都有「徒步行走」的意思。hike 指的通常是較長距離的徒步旅行，而 walk 則指一般的行走或散步。

Answer 第 1 句才是正確的英文說法。

076 hug / cuddle

Q 男子在上火車之前「擁抱」了妻子一下。

1. The man **hugged** his wife before he got on the train.
2. The man **cuddled** his wife before he got on the train.

▽ 精闢解析，別再誤用！

hug 和 cuddle 都有「擁抱」的意思。hug 表示的通常是一般公共場所可見到的緊緊擁抱，但 cuddle 所指的擁抱則帶有較強烈的情感，通常是情人、父母子女之間熱情地摟抱，或愛撫的擁抱。

Answer **第 1 句才是正確的英文說法。**

077 guess / infer

Q 我「推測」嫌犯早已潛逃出境了。

1. I can **infer** that the suspect has already sneaked out of the country.
2. I can **guess** that the suspect has already sneaked out of the country.

▽ 精闢解析，別再誤用！

guess 與 infer 都有「猜測」的意思，但 guess 指的是出於直覺的猜想、臆測，通常不具什麼根據，如 I guess you're right.（我想你是對的吧！）。而 infer 則是根據某些已存在的既定事實推定結論，是屬於「推測」，而非憑空瞎猜。

Answer **第 1 句才是正確的英文說法。**

078 join / attend

Q 如果我有收到邀請函，我就會「參加」婚禮。

1. I will **join** the wedding if I receive the invitation.
2. I will **attend** the wedding if I receive the invitation.

▽ 精闢解析，別再誤用！

join 和 attend 表面上都有「參加」的意思，但是意義和用法是不同的。join通常表示「加入」某一團體，或是與其他人一起從事某事，如 join us for dinner（和我們一起吃晚餐）。attend 則表「出席」某個活動，也就是人出現在某個活動場合之意。

Answer **第 2 句才是正確的英文說法。**

079 kill / murder

Q 數以千計的人在這場戰爭中「死去」。

1. Thousands of people were **killed** during the war.
2. Thousands of people were **murdered** during the war.

▽ 精闢解析，別再誤用！

kill 和 murder 在這裡都有「殺人」的意思，但 kill 表示使某人或某物死亡，不見得是蓄意造成；而 murder 則有強調蓄意謀害某人致死之意。

Answer 第 1 句才是正確的英文説法。

080 misunderstand / misinterpret

Q 我想幫助他們的好意被「誤會」了。

1. My good intentions to help them were **misunderstood**.
2. My good intentions to help them were **misinterpreted**.

▽ 精闢解析，別再誤用！

misunderstand 和 misinterpret 這兩個字很容易搞混。misunderstand 表「誤會、誤解」，是指對事情做了錯誤的理解；而 misinterpret 則是表「曲解」，指對事情做出錯誤的詮釋。

Answer 第 1 句才是正確的英文説法。

081 answer / respond to

Q 可以幫我「應」個門嗎？

1. Would you **respond to** the door for me?
2. Would you **answer** the door for me?

▽ 精闢解析，別再誤用！

answer 和 respond 都可作「回答、答覆」解，差異在於 respond 後面需接介系詞 to，表示「回應……」，如 He didn't answer my question. = He didn't respond to my question.（他沒有回答我的問題。）。answer 偏向口頭上的回答，而 respond 則泛指各種方式（如手勢等）的回應。answer 還可用來表示對電話鈴聲或門鈴的回應，answer the phone 即「接電話」，answer the door 即「應門」。

Answer 第 2 句才是正確的英文説法。

082 monitor / observe

Q 該政治犯受到嚴密的「監控」。

1. The political prisoner is being closely **monitored**.
2. The political prisoner is being closely **observed**.

▽ 精闢解析，別再誤用！

乍看之下 monitor 與 observe 都可作「監視」解，但 monitor 乃是為了發現問題而小心地監看某種狀況一段時間；observe 則是小心地注意事情發展，具「觀察、觀測」之含義。

Answer 第 1 句才是正確的英文説法。

083 overlook / oversee

Q 她「撞見」丈夫親吻另一個女人。

1. She **oversaw** her husband kissing another woman.
2. She **overlooked** her husband kissing another woman.

▽ 精闢解析，別再誤用！

overlook 和 oversee 做「監督、照管」解時幾乎為同義字，但 overlook 另有「俯瞰」、「寬容」或「忽視」的意思；而 oversee 另有「偷看到」或「無意中撞見」之意，使用上要注意不要混淆。

Answer 第 1 句才是正確的英文説法。

084 predict / expect

Q 要「預測」地震的發生目前仍是不可能的事。

1. It is still impossible to **predict** the occurrence of an earthquake at present.
2. It is still impossible to **expect** the occurrence of an earthquake at present.

▽ 精闢解析，別再誤用！

predict 和 expect 都可做「預測」或「預期」解。predict 是根據經驗或知識而預期某件事在未來將會發生；而 expect 則是單純地認為某事會發生或某人會到來。

Answer 第 1 句才是正確的英文説法。

常見文法問題＆文法易犯錯誤

155

085 neglect / overlook

Q 無論你有多忙，都不要「忽略」你的健康。

1. No matter how busy you are, don't **overlook** your health.
2. No matter how busy you are, don't **neglect** your health.

▽ 精闢解析，別再誤用！

neglect 和 overlook 都可做「忽略」解，但這兩個字並非同義字。neglect 用在因為忘記而忽略，或是忙著做其他事而無法顧及；overlook 則是因為粗心而忽略、遺漏某事。

Answer 第 2 句才是正確的英文說法。

086 raise / rise

Q 他「舉」杯向新人敬酒。

1. He **raised** his glass and drank a toast to the newlyweds.
2. He **rose** his glass and drank a toast to the newlyweds.

▽ 精闢解析，別再誤用！

raise 和 rise 在意義上都有「上升」或「舉起」的意思，因此在使用上常被混淆。rise 表「升起」或「起身」，是自行或借力往上移動，後面不接受詞；raise 則表「使某物上升」，後面接受詞。

Answer 第 1 句才是正確的英文說法。

087 reach / arrive

Q 講師的聲音無法「傳到」講堂最後面。

1. The lecturer's voice can't **arrive** the back of the lecture room.
2. The lecturer's voice can't **reach** the back of the lecture room.

▽ 精闢解析，別再誤用！

reach 和 arrive 都有到達、抵達之意。arrive 通常用在表示來到某地方，或是達成某目的，如 arrive professionally 表示「取得事業上的成功」；reach 則可用來表示「聲音的傳達、延伸到某處」之意。

Answer 第 2 句才是正確的英文說法。

088 reach / meet

Q 我們得在最後期限之前「達到」公司的要求。

1. We should **reach** the company requirement before the deadline.
2. We should **meet** the company requirement before the deadline.

▽ 精闢解析,別再誤用!

reach 意思是「夠到、達到」,既可以用作表達具體的動作,也可以表示客觀的達到目標,比如「達到目標」英語可以説 reach a goal;但是「達到要求」的英文應該用 meet / fulfill requirement 來表示。

Answer 第 2 句才是正確的英文説法。

089 obtain / gain

Q 這項新產品廣「受」家庭主婦歡迎。

1. The new product **gained** wide acceptance with housewives.
2. The new product **obtained** wide acceptance with housewives.

▽ 精闢解析,別再誤用!

obtain 和 gain 在這裡都有獲得、得到的意思,但 obtain 所表示的「得到」主要是透過要求、購買、工作或生產而得到某東西;gain 則是有贏得、獲取之意。

Answer 第 1 句才是正確的英文説法。

090 offend / invade

Q 我不是有意要「冒犯」的。

1. I didn't mean to **offend** you.
2. I didn't mean to **invade** you.

▽ 精闢解析,別再誤用!

offend 和 invade 都有冒犯的意思。invade 主要是用來表達侵犯、侵擾某個地方; offend 則是表達因行為或言語冒犯他人,而傷害其感情。

Answer 第 1 句才是正確的英文説法。

091 replace / substitute

Q 你不在的時候誰將「取代」你？

1. Who's going to **replace** you when you're away?
2. Who's going to **substitute** you when you're away?

▽ 精闢解析，別再誤用！

replace 和 substitute 都有取代或代替的意思，但是 replace 通常用來表示長時間或永久取代；而 substitute 則常有一時性或暫時性取代之意。

Answer 第 2 句才是正確的英文說法。

092 alter / correct

Q 老師正在「批改」學生的考卷。

1. The teacher is **correcting** the students' tests.
2. The teacher is **altering** the students' tests.

▽ 精闢解析，別再誤用！

alter 和 correct 都有修改的意思，但 alter 所表示的修改常是為了更符合所需，如 alter the pants to make it shorter（把褲子修改得短一點）；而 correct 則是將錯誤改為正確的，有改正、糾正的含義。

Answer 第 1 句才是正確的英文說法。

093 omit / skip

Q 很多女生「不」吃飯，就為了減掉幾磅體重。

1. Many girls **skip** meals just to lose a few pounds.
2. Many girls **omit** meals just to lose a few pounds.

▽ 精闢解析，別再誤用！

omit 和 skip 都有漏掉的含義，但 omit 是用在表示因為忽略而遺漏，如 omit giving his mother a call（忘記打電話給媽媽）。而 skip 則有故意略過而漏掉之意，如 skip classes（蹺課）。

Answer 第 1 句才是正確的英文說法。

094 buy / get

Q 你在哪裡「買」到這本書的？

1. Where did you **get** this book?
2. Where did you **buy** this book?

▽ 精闢解析，別再誤用！

要表達「買」的動作時，很多人馬上會想到用 buy 這個字，但是 buy 乃是比較強調「付費購買」的這個動作；若是表示「買到、找到」，則在口語中比較常用 get 這個動詞。

Answer 第 1 句才是正確的英文說法。

095 please / amuse

Q 你沒辦法「讓」所有人「滿意的」。做你認為對的事情就好了。

1. You can't **please** everyone. Just do what you think is right.
2. You can't **amuse** everyone. Just do what you think is right.

▽ 精闢解析，別再誤用！

amuse 與 please 這兩個動詞都有「取悅」的意思，但是 amuse 的目的是做某事來「逗……發笑；給……提供娛樂」之意；而please的目的則是做某事以「合……的心意；使……高興、滿意」。使用上應注意不要混淆。

Answer 第 1 句才是正確的英文說法。

096 clean / wash

Q 晚餐將在一分鐘內準備好。去洗手吧。

1. Supper will be ready in a minute. Go **clean** your hands.
2. Supper will be ready in a minute. Go **wash** your hands.

▽ 精闢解析，別再誤用！

clean 和 wash 都能用來表示「使某物清潔」。clean 強調的是結果，也就是並沒有說明用什麼方式來做清潔，如 clean the window 表示「把窗戶弄乾淨」，可能是擦或抹；wash 則強調以「用水洗滌」的方式來做清潔，如 wash the car 就是「用水」來洗車。

Answer 第 2 句才是正確的英文說法。

097 express / convey

Q 請將這項資訊「佈達」給相關部門。

1. Please **convey** this information to related departments.

2. Please **express** this information to related departments.

> ▽ **精闢解析，別再誤用！**
>
> express 與 convey 都有「表達」的意思，但 express 強調將訊息或情感以「陳述」的方式表達給對方知道，如 express one's feelings（表達一個人的情感）；而 convey 則強調將訊息的「傳遞、傳達」。

Answer 第 1 句才是正確的英文說法。

098 save / rescue

Q 醫生們盡了最大的力「挽救」他的性命。

1. The doctors tried their best to **save** his life.

2. The doctors tried their best to **rescue** his life.

> ▽ **精闢解析，別再誤用！**
>
> save 和 rescue 都有「挽救」的意思，乍看之下似乎是同義字，但是 rescue 通常用在表示協助某人逃離緊急事故現場，以保住性命，如 rescue the passengers from the burning ship（將乘客從燃燒中的輪船中救出來）；而 save 則是表示「使人免於死亡」的拯救。

Answer 第 1 句才是正確的英文說法。

099 interpret / translate

Q 他的新書將被「翻譯」為日文和韓文。

1. His new book will be **translated** into Japanese and Korean.

2. His new book will be **interpreted** into Japanese and Korean.

> ▽ **精闢解析，別再誤用！**
>
> interpret 和 translate 都有「翻譯」的意思，幾乎為同義字。若要表示口頭上將某種語言以另一種語言來解釋，兩個動詞可以通用；但若要表示「筆譯」，則通常會用 translate，而不用 interpret。此外要表示「詮釋、演繹」時，也是用 interpret 這個字。

100 fix / repair

Q 我們得打電話找人來「修」水龍頭。

1. We need to call someone to **fix** the faucet.
2. We need to call someone to **repair** the faucet.

▽ 精闢解析，別再誤用！

fix 和 repair 都可以做「修理」解，乍看之下似乎是同義字，但使用上仍有程度的不同。fix 所修理的通常指較小的物品，或修理範圍較小；而 repair 則是用在修理較大物品或是偏向較全面性的「整修」。

Answer 第 1 句才是正確的英文説法。

101 arrange / prepare

Q 已「安排」我們的貴賓直接被帶到他們下榻的飯店。

1. It is **prepared** that our guests should be taken to their hotel directly.
2. It is **arranged** that our guests should be taken to their hotel directly.

▽ 精闢解析，別再誤用！

arrange 和 prepare 都可作「籌備」解，如「為我們準備晚餐」可以説 arrange dinner for us 也可以説 prepare dinner for us。但是 arrange 比起 prepare 多了一層「安排、商妥」的含義，也就是説所涉及籌備之事會較為複雜且多元。

Answer 第 2 句才是正確的英文説法。

102 contribute / donate

Q 男子同意死後「捐出」器官。

1. The man agreed to **donate** his organs after death.
2. The man agreed to **contribute** his organs after dearth.

▽ 精闢解析，別再誤用！

contribute 和 donate 都有「捐獻、捐助」的意思，兩者的差異在於 contribute 主要是表示「捐款」；而 donate 則可用來表示捐贈金錢之外的東西，如 donate blood（捐血）和 donate organs（捐器官）等。

Answer 第 1 句才是正確的英文説法。

103 be like / like

Q 我「非常喜歡」打排球。

1. I'm **like** volleyball.

2. I **like** playing volleyball **very much**.

▽ 精闢解析，別再誤用！

I'm like volleyball. 這句的意思是「我長得很像排球。」，此處的 like 為介系詞，接在 be 動詞後表示「像……一樣」。like 作動詞「喜歡」解釋時，用法是及物動詞，如 somebody like doing something，即指「某人喜歡做某事」。

Answer 第 2 句才是正確的英文說法。

104 gone to / been to

Q 你以前「去過」印度嗎？

1. Have you ever **gone to** India before?

2. Have you ever **been to** India before?

▽ 精闢解析，別再誤用！

have gone to 意為「到某地去」，指某人還在某地，不在說話現場，主語一般不用第一人稱。have been to 意為「曾經去過某地」，現在已經不在那裡。

Answer 第 2 句才是正確的英文說法。

105 forget V-ing / forget to V

Q 我離開之前「忘記關」門了。

1. I **forgot closing** the door before I left.

2. I **forgot to close** the door before I left.

▽ 精闢解析，別再誤用！

forget doing sth. 是指做過某事，但是忘記已經做過。forget to do sth. 是指應該做某事，但是忘記了做。第一個例句的意思是「我已經關上門了，但是我忘記了。」第二個例句的意思是「門沒有關，我忘記關門了。」

Answer 第 2 句才是正確的英文說法。

好不容易學完一個單元，先別急著開
始新的學習，試試自己熟練了沒？
重點不是學多少，而是記住多少！

選擇題（I）哪一個才是正確的？

001. The newborn baby was found **abandoned / discarded** in front of the orphanage.
那名新生兒被人發現遭遺棄在孤兒院門口。

002. I should have **absorbed / taken** a second opinion before I made this decision.
在做這個決定之前，我應該聽取別人意見的。

003. On second thought, I decided not to **accept / receive** the job opportunity.
進一步考慮之後，我決定不接受這個工作機會。

004. We will do all we can to **accomplish / complete** the project.
我們將盡力完成這件企劃案。

005. I would like to **add / increase** the budget of our annual family trip.
我想要增加我們家庭年度旅遊的預算。

006. The doctor **advised / counseled** the patient that he should quit smoking.
醫生勸病人戒菸。

007. The designer was asked to **adjust / modify** the blueprint a little.
設計師被要求稍微修改設計圖。

008. The candidate promised to **affect / effect** economic reforms after he won the election.
該候選人承諾當選後會進行經濟改革。

009. The apartment **maintains / remains** vacant.
那棟公寓仍舊沒有人住。

010. We **live / stay** with our grandparents.
我們和祖父母住在一起。

011. I don't **agree / approve** with your opinion.
我不同意你的看法。

012. It is the editor's job to **amend / emend** articles before they get published.
在文章出版前校訂並修改內容是編輯的工作。

013. The students were asked to **correct / revise** the wrong answers on their tests.
學生被要求訂正考試卷上的錯誤答案。

014. The magician performed tricks to **amuse / entertain** the audience.
魔術師表演魔術娛樂觀眾。

015. The government **announced / declared** that the economic growth rate of last year is 4.3%.
政府宣佈去年的經濟成長率是4.3%。

016. It really **annoys / bothers** me that the bus is late again.
公車又遲到了，真令我生氣。

017. They **argue / quarreled** with each other over a trivial matter at the dinner table.

他們因為細故在晚餐桌上吵了起來。

018. Peter was **appointed as / assigned to** the Manager of the General Affairs Section.

Peter 被任命為總務處的經理。

019. I **assumed / presumed** that the party had been canceled.

我以為派對取消了。

020. My manager **assured / ensured** me a raise.

經理向我保證會幫我加薪。

021. This farm **manufactures / produces** not only fruits but also vegetables.

這個農場不僅生產水果，也生產蔬菜。

022. Regular exercise has greatly **attribute / contributed** to my good health.

規律的運動大大地促進了我的身體健康。

023. What you did **damage / harmed** everyone that cares about you.

你所做的事情傷害了每一個關心你的人。

024. Water can **melt / dissolve** solids such as sugar and salt.

水可以溶解如糖和鹽等固體。

025. Jeff **loves / adores** his colleague, Jenny, a lot, but he never tells anyone.

Jeff 相當愛慕他的同事珍妮，但是他從未告訴任何人。

026. He **cheated / deceived** the old man into buying the fake picture.

他騙那個老人買下那幅假畫。

隨堂小測驗

027. Please **check / examine** your answers again before handing in your test sheet.

交卷之前請再次檢查你的答案。

028. The team members were carefully **chose / selected** from each department.

這個團隊的成員是從各部門精挑細選出來的。

029. We're asked to **collect / gather** as much related information as possible before the meeting.

我們必須在會議之前收集盡可能多的資料。

030. Our business is going to be **combined / merged** with theirs.

我們的公司即將跟他們的合併了。

031. I **memorize / remember** visiting my cousins in England when I was seven.

我還記得七歲時到英國看我表弟妹的事。

032. I **hope / expect** you're right.

我希望你是對的。

033. When **confronting / facing** danger, what you need to do first is calm down.

面對危險時,你首先要做的事就是冷靜下來。

034. All technical problems were **conquer / overcome** during production.

所有技術難題在生產過程中都已經被克服。

035. You need to **consider / think** what to do next.

你必須想想下一步要怎麼做。

036. He **convinced / persuade** me of his sincerity.

他讓我相信他的誠意。

037. Jack proposed to his girlfriend last night, but got **declined /
rejected**.

Jack 昨晚向他女友求婚，但被拒絕了。

038. The man **decorated / furnished** his apartment with many
sculptures.

男子用許多雕塑品佈置他的公寓。

039. Can you **speak / say** "thank you" in Chinese?

你會用中文說「謝謝你」嗎？

040. My mother **delivered / sent** me some vegetables and fruits from
hometown last week.

我媽上禮拜從家鄉寄了些蔬菜和水果給我。

041. I **demanded / requested** her to call again later.

我請她晚一點再打來。

042. He was the only one to **detect / find** sadness in her eyes.

他是唯一一個察覺出她眼底的哀傷的人。

043. The pants are so big that they don't **fit / match** me at all.

這件褲子太大了，一點都不適合我穿。

044. Which year did Columbus **discover / find** the New World?

哥倫布是在哪一年發現新大陸的？

045. No one knows who **invented / created** this new type of
answering machine.

沒人知道是誰發明了這款新的答錄機。

046. The smell of the rotten fruit **disgusts / hates** me.

腐爛水果的味道讓我作嘔。

047. The technology has **advanced / improved** a lot in the past few decades.

科技在過去幾十年來已經進步了許多。

048. Your **advise / advice** is quite helpful to me.

您的建議對我非常有幫助。

049. I saw him **beating / hitting** his son with a stick.

我看見他在拿棍子打他的兒子。

050. My sister **was born / gave birth** in summer so she is more tolerate with the heat.

我妹妹出生於夏天，所以比較能忍受高溫。

051. Do you mind **closing / turning off** the door?

你介意將門關上嗎？

052. I hate to be **disturbed / bothered** when I am reading.

我在閱讀的時候討厭被打擾。

053. His parents **divided / separated** when he was five.

他的父母在他五歲時就分居了。

054. This place has **reformed / changed** a lot during these years.

這個地方在這些年來變了很多。

055. I hear that she **immigrated / emigrated** to Canada last year.

我聽說她去年移民到了加拿大。

056. Peter is **learning / studying** how to swim.

Peter 在學習游泳。

057. I **doubt / suspect** that he stole my money.

我不相信他偷了我的錢。

058. I can't believe that my computer is **missing / losing**.
我不敢相信我的電腦丟了。

059. Those animals are **drilled / trained** to entertain people.
那些動物被訓練來娛樂人們。

060. Vegefarians only **eat / take** vegetables.
吃素者常只吃蔬菜。

061. Let's grab something to **eat / have**!
我們去找點東西吃吧！

062. Mr. Lee is **employed / hired** to manage the Human Resources Management Department.
李先生受僱來管理人資部門。

063. She **has / have** two pet dogs.
她有兩隻寵物狗。

064. I don't think it's a good idea to **enlarge / expand** our business during the depression.
我不認為在經濟不景氣的時候擴充我們的事業是個好主意。

065. They **estimated / evaluated** the casualties of the disaster at 10,000 or more.
他們估計這次災難的死傷人數會超過一萬人。

066. They **expressed / said** goodbye to each other and went home.
他們互道再見然後就回家了。

067. The dead body **drifting / floating** on the lake frightened all the tourists.
漂浮在湖面上的屍體嚇壞了所有的遊客。

隨堂小測驗

068. My father **forbids / prohibits** me to play online games on weekdays.

我父親禁止我平日玩線上遊戲。

069. The result of the election **mirrored / reflected** the opinions of people.

選舉的結果反應了人民的心聲。

070. The man was completely broke after he **gambled / bet** away all his money.

那男人把所有的錢都賭輸了之後，就身無分文了。

071. The man **gazed / glanced** at the picture and recognized his wife.

男子瞥了照片一眼，並認出了他的妻子。

072. I need someone to **help / assist** me in classifying these books.

我需要有人來協助我將這些書作分類。

073. She always **hear / listens** to her parents.

她一直都很聽爸媽的話。

074. I was **misled / confused** by his vague implication.

我被他模糊不清的暗示給誤導了。

075. We are going on a two-mile **hike / walk** to the beach.

我們正要步行兩英哩到海邊。

076. The mother **hugged / cuddled** her little boy before putting him to bed.

媽媽在把小孩放到床上睡覺前，抱了抱他。

077. Can you **guess / infer** what he's going to say?

你能猜出他將要說什麼嗎？

078. I will **join / attend** you for breakfast if I don't oversleep myself tomorrow.

如果我明天沒有睡過頭，就會跟你們一起吃早餐。

079. The man was accused of **killing / murdering** his neighbor.

這個男人被指控謀殺他的鄰居。

080. His opinions were **misunderstood / misinterpreted** as criticism.

他的意見被曲解為批評了。

081. Jenny hasn't **answered / responded** to Jack's proposal yet.

Jenny 還沒對 Jack 的求婚作出回覆。

082. It is interesting to **monitor / observe** the behavior of chimpanzees.

觀察黑猩猩的行為是一件很有趣的事。

083. You can't expect others to **overlook / oversee** your fault every time.

你不能認為別人每次都應該寬容你的過錯。

084. He is **predicting / expecting** a better job.

他期待找到更好的工作。

085. He **neglecting / overlooked** a word, so he answered the question wrong.

他漏看了題目裡的一個字，所以答錯了。

086. The sun **raises / rises** in the east.

太陽於東方升起。

087. We will **reach / arrive** at the restaurant soon.

我們很快就會抵達那間餐廳了。

088. They failed to **reach / meet** the goal in the marathon race.

他們沒有成功抵達馬拉松賽跑的終點。

089. Peter has **obtained / gained** a lot of weight since he got married.

Peter 自從結婚後就發福了。

090. The country started **offending / invading** its neighboring countries after Charles XI ascended the throne.

這國家在 Charles 六世登基後開始侵略其鄰國。

091. Some believe that smart phone will eventually **replace / substitute** computers.

有些人認為智慧型手機最終將會取代電腦。

092. The dress needs to be **altered / corrected** in order to fit me.

這洋裝要讓我穿得合身得做些修改才行。

093. Jeff **omitted / skiped** studying the second chapter and failed the test.

Jeff 漏讀了第二章，考試考砸了。

094. I didn't **buy / get** the book because I didn't have enough money with me.

因為我身上沒有足夠的錢，所以我沒買那本書。

095. Grandpa disguised himself as the Santa Clause to **please / amuse** the children.

爺爺將自己打扮成聖誕老人，逗孩子們開心。

096. He **cleans / washes** his bedroom only when his mother tells him to.

他只有在媽媽指示他時才會打掃房間。

097. He **expressed / conveyed** his love to his wife with a poem.

他以一首詩來表達對妻子的愛。

098. The police had successfully **saved / rescued** the hostages from the kidnapper.

警方已經順利從綁匪那兒救出人質。

099. The way the pianist **interpreted / translated** the song was unexceptionable.

這鋼琴家詮釋這首曲子的方式真是無懈可擊。

100. Johnny tries to **fix / repair** his precarious marriage.

強尼試圖補救他那岌岌可危的婚姻。

101. I was **arranging / preparing** my lunch when I heard the doorbell ring.

我正在準備午餐時聽到門鈴響。

102. The man agreed to **contribute / donate** half of his reward to charities.

男子同意捐出一半的獎金給慈善機關。

103. This place is so much **like / very like** my hometown.

這個地方跟我的故鄉很像。

104. Tom has **gone / been** to Japan.

Tom 去日本了。

105. I forgot **reading / to read** that book a few years ago.

我忘了幾年前有讀過那本書。

選擇題（II）選出正確的句子。

001. 你要在巴黎待多久？

☐ How long are you going to **stay** in Paris?
☐ How long are you going to **live** in Paris?

002. 坐而言不如起而行。

☐ Actions **speak** louder than words.
☐ Actions **say** louder than words.

003. 不用送我了。

☐ Don't **disturb** to see me out.
☐ Don't **bother** to see me out.

004. 我的家鄉自我離開後改變了許多。

☐ My hometown has **reformed** a lot since I left.
☐ My hometown has **changed** a lot since I left.

005. 我們在評估你的工作表現後，才會決定是否要給你加薪。

☐ We'll decide whether to give you a raise after **estimating** your work performance.
☐ We'll decide whether to give you a raise after **evaluating** your work performance.

006. 他真是愚蠢，把所有的錢都輸光了。

☐ It is very stupid of him to **gamble** all his money away.
☐ It is very stupid of him to **bet** all his money away.

007. 有沒有任何我能做來幫忙的事呢？

☐ Is there anything I can do to **help**?
☐ Is there anything I can do to **assist**?

008. 你有沒有聽到那聲尖叫？好恐怖噢。

☐ Did you **hear** that scream? That was scary.
☐ Did you **listen to** that scream? That was scary.

選擇題（I）解答＆重點解析

001. Answer abandon
　　學習重點 拋下事物後「離開」。

002. Answer taken
　　學習重點 表示「聽取意見」時，搭配動詞為 take。

003. Answer accept
　　學習重點 表示「同意」後接受物品。

004. Answer accomplish
　　學習重點 實現某事並「成功達成目標」。

005. Answer increase
　　學習重點 增加事物「本體」的數量或尺寸。

006. Answer advised
　　學習重點 在特定情況下，給予行事的意見。

007. Answer modify
　　學習重點 為「改善」而作微幅修改。

008. Answer effect
　　學習重點 用 effect 表達成某件事、導致某種結果。

009. Answer remain
　　學習重點 保持原本狀態「不變」。

010. Answer live
學習重點 指在某個地方「長期」居住、生活。

011. Answer agree
學習重點 **agree** 表示意見相同，接收、贊同該想法。

012. Answer emend
學習重點 修改、校正文章內容。

013. Answer correct
學習重點 改正錯誤。

014. Answer amuse / entertain（複選）
學習重點 「娛樂他人」**amuse / entertain**。

015. Answer announced
學習重點 用 **announce** 表示公開「既定事實」，無特殊情緒。

016. Answer annoys
學習重點 受到打擾而覺得惱怒，不快程度較大。

017. Answer qiarrel
學習重點 因反對而爭吵、吵鬧。

018. Answer appointed as
學習重點 **be appointed as +** 職務名稱 → 表指派某人擔任某職務。

019. Answer assumed
學習重點 **assume** 指「未經證實」的猜測、揣想。

020. Answer assured
學習重點 **assure＋**人＋名詞，有「擔保」某人可得到某物之意。

021. Answer produces
學習重點 「小量」生產 → 用 **produce**。

022. Answer contributed

學習重點 B 的成果歸功於 A → A contribute to B。

023. Answer harmed

學習重點 對「人」的身體、精神傷害 → harm。

024. Answer dissolve

學習重點 固體「溶於」液體中 。

025. Answer adores

學習重點 比 love 程度更強，指對人、事物的喜愛 → adore。

026. Answer deceived

學習重點 以不實的言語蒙蔽他人 → deceive。

027. Answer check

學習重點 「快速地」確認、檢查 → check。

028. Answer selected

學習重點 select 強調選擇的「動作」。

029. Answer gather

學習重點 表示將「各種東西」收集在一起 → gather。

030. Answer merged

學習重點 不同事物合併，但不合而為一 → merge。

031. Answer remember

學習重點 將生活相關的資訊記到腦海中。

032. Answer hope

學習重點 hope 表示盼望某事，但可能不會發生。

033. Answer confronting

學習重點 confront 多用於抽象的表示「面臨」某種情況。

034. Answer overcome
學習重點 **overcome** 指克服難題，強調克服的過程。

035. Answer consider
學習重點 **consider** 指「考慮、細細思量」。

036. Answer convinced
學習重點 改變他人想法，強調「使他人相信」→ **convince**。

037. Answer rejected
學習重點 用 **reject** 表拒絕外，另有「駁斥」他人意見之意。

038. Answer decorated
學習重點 **decorate** 指「裝飾品」方面的佈置。

039. Answer say
學習重點 **say** 表示「說、陳述」之意，側重言談內容。

040. Answer sent
學習重點 強調寄送的「動作」→ **send**。

041. Answer requested
學習重點 禮貌性請求，**request**，隱含有建議的味道。

042. Answer detected
學習重點 「特意」察覺到隱藏、不明顯的事情。

043. Answer fit
學習重點 用 **fit** 表示東西彼此相稱、合適。

044. Answer discover
學習重點 發現「過去沒人知道」的事物。

045. Answer invented
學習重點 實物經改良後的發明。

046. Answer disgusts

　　學習重點 disgust 的主詞可為事物，表示其使人厭惡。

047. Answer advanced

　　學習重點 與「時序」有關的改進 → advance。

048. Answer advice

　　學習重點 advice 為 advise 的名詞型態。

049. Answer beating

　　學習重點 連續地打擊。

050. Answer was born

　　學習重點 born 亦可當形容詞，表示出生的、誕生的。

051. Answer closing

　　學習重點 close 指「空間概念」的關閉。

052. Answer disturbed

　　學習重點 disturb 多強調受干擾者的不耐感受。

053. Answer separated

　　學習重點 將一個東西「分開、分離」。

054. Answer changed

　　學習重點 改變原有狀態 → change，改變幅度較大。

055. Answer emigrate

　　學習重點 移民至他國＝emigrate to 。

056. Answer learning

　　學習重點 初級的、以模仿方式學習。

057. Answer doubt

　　學習重點 懷疑事件的真實性，不相信其為真。

058. Answer missing
　　學習重點 表示遺失時，miss 的主詞為物品。

059. Answer trained
　　學習重點 train 表「為達到目的」而訓練出某種技能。

060. Answer eat
　　學習重點 指人或動物進食的習慣。

061. Answer eat
　　學習重點 強調吃的「動作」。

062. Answer employed
　　學習重點 指「長期且正式的」雇用 → employ。

063. Answer has
　　學習重點 以 have / has 表示主詞擁有受詞、或指兩者的關聯性。

064. Answer expand
　　學習重點 「空間、程度的」延展、擴充 → expand。

065. Answer estimated
　　學習重點 針對事物「價值、大小」的猜測 → estimate。

066. Answer said
　　學習重點 強調「開口說話」。

067. Answer floating
　　學習重點 在「液體、氣體」中移動。

068. Answer forbids
　　學習重點 forbid 指一般「禁止」的行為，不牽涉法律層面。

069. Answer mirrored
　　學習重點 表示「忠實」呈現某事 → mirror。

070. Answer gambled
学習重點 gamble 指「有風險」的賭注，有負面意義。

071. Answer glanced
学習重點 快速、短暫的瞥一眼 → glance。

072. Answer assist
学習重點 assist 多指從旁協助、「一起」完成某事。

073. Answer listens
学習重點 「用心、認真」傾聽、聆聽 → listen to。

074. Answer misled
学習重點 特意使人產生「錯誤」想法 → mislead。

075. Answer hike
学習重點 「長距離、較險峻的」徒步旅行。

076. Answer cuddled
学習重點 以 cuddle 表示帶有強烈情感的摟抱。

077. Answer guess
学習重點 出於「直覺」、憑空的臆測。

078. Answer join
学習重點 join 指加入某一「團體、人」的行動。

079. Answer murdering
学習重點 蓄意謀害、致人死地。

080. Answer misinterpreted
学習重點 對事情做出錯誤的詮釋。

081. Answer responded
学習重點 respond 除指口頭回答外，也泛指各種方式的回應。

082. Answer observe

學習重點 observe 表注意事情的發展，小心的觀察。

083. Answer overlook

學習重點 overlook 另可作「寬容」解。

084. Answer expecting

學習重點 expect 表示認為人、事物可能來臨或發生。

085. Answer overlooked

學習重點 overlook 特別指「因為粗心」而忽略。

086. Answer rises

學習重點 自行、或借力往上移動。

087. Answer arrive

學習重點 arrive 多指地點上的抵達，或是目標的達成。

088. Answer reach

學習重點 可表達「達到」的具體動作。

089. Answer gained

學習重點 gain 指「贏得、獲取」。

090. Answer invading

學習重點 侵犯、侵擾「地方」、場所 → invade。

091. Answer replace

學習重點 replace 表示「長時間、用久的」取代。

092. Answer altered

學習重點 alter 表「修改以符合所需」，與對錯無直接關聯。

093. Answer omitted

學習重點 表示因為「忽略」而遺漏。

094. Answer buy
　　學習重點 強調「付費購買」的動作。

095. Answer amuse
　　學習重點 amuse 指純粹「提供娛樂」，較無「迎合」的意思。

096. Answer cleans
　　學習重點 用 clean 強調做此動作後得到的乾淨結果。

097. Answer expressed
　　學習重點 將訊息、情感以「陳述」的方式讓對發方知道。

098. Answer rescued
　　學習重點 用 rescue 強調救人逃離緊急事故現場。

099. Answer interpreted
　　學習重點 不只語言，也指多方面的「詮釋、演繹」。

100. Answer repair
　　學習重點 較大物品、或指全面性的「整修」。

101. Answer preparing
　　學習重點 arrange 涉及的籌備較 prepare 複雜且多元。

102. Answer contribute
　　學習重點 不限形式的「捐獻、捐助（金錢）」。

103. Answer like
　　學習重點 表示「像……一樣」時，like 為介系詞。

104. Answer gone
　　學習重點 指某人「到某地」且還待在那裡，不在說話現場 → have gone。

105. Answer reading
　　學習重點 forget 直接加動名詞，表示忘記做過該件事情。

選擇題（II）解答＆重點解析

001. Answer 第1句

解析 stay 表示到某地「暫住」；live 則表示「居住」在某地過生活。

002. Answer 第1句

解析 speak 表示「說話、發表言論」，亦可作「傳達」解，強調說的「動作」；say 則用來表示「說；講述」。

003. Answer 第2句

解析 disturb 表示用事情「妨礙」某人，有擾亂之含意；bother 表示用事情「煩擾」某人，有造成他人麻煩之含意。

004. Answer 第2句

解析 reform 表「改革」，指將不好的地方加以改善革新；change 指「改變」，指將原來的樣子改變為其他樣子。

005. Answer 第2句

解析 estimate 表數字方面的「估計、估算」；evaluate 表「為……估價」或「為……評價」。

006. Answer 第1句

解析 gamble 表以金錢作賭注的「賭博」行為，gamble ... away 表示「把……賭輸、輸光」；bet 則表口頭上的「打賭」。

007. Answer 第1句

解析 help 與 assist 均表「幫助、協助」，但 assist 通常需要接受詞，或是以介系詞 in／with 接所協助之事物內容。

008. Answer 第1句

解析 hear 指非主動的「聽見」；listen 則是指主動並認真的「聽」。

CHAPTER

05／形容詞

001 ill / sick

Q 他「生病」了。

1. He is **ill**.
2. He is **sick**.

▽ 精闢解析，別再誤用！

上述的兩個句子本身都沒有文法上的錯誤，一般情況下 ill 和 sick 都可以形容一個人生病了或不舒服，但是 sick 這個字的用法比較廣，它同時也有想吐或令人感到噁心的意思，所以為了讓語意上表達更清楚，上述的例子使用 ill 比較適當。

Answer 第 1 句才是正確的英文說法。

002 strong / severe

Q 我頭痛得「很厲害」。

1. I have a **severe** headache.
2. I have a **strong** headache.

▽ 精闢解析，別再誤用！

strong 通常是形容體格很強壯，只有在描述情感時才有強烈的意思（strong feeling）。當我們要形容劇烈的疼痛、憂慮，或是傷害時，則要使用 severe 這個字。另外 severe 也有嚴厲的意思，例如：severe discipline（嚴格的訓練）。

Answer 第 1 句才是正確的英文說法。

003 preferable to / than

Q 黑色洋裝比紅色洋裝「更適合」，因為地毯是紅色的。

1. A black dress is **more preferable than** a red one as the carpet is red.
2. A black dress is **preferable to** a red one as the carpet is red.

▽ 精闢解析，別再誤用！

乍看之下第一個句子並沒有錯，但是仔細想一下，preferable 本身的意思就是比較適合的或是比較好的，所以在用法上這個字就沒有比較級了，如果要強調 A 比 B 好很多就用 A is far／much preferable to B。

Answer 第 2 句才是正確的英文說法。

004 less / fewer

Q 出席的學生「不少於」五十人。

1. **No less than** fifty students were present.

2. **No fewer than** fifty students were present.

▽ 精闢解析，別再誤用！

一般來說 little 和 less 後面應該接的是不可數名詞，而 few 和 fewer 後面應該接可數名詞，似乎上述句型應該要用 no fewer…… 才對。但在此要特別說明的是，在現今的英語用法裡，很多人是可以接受第一種句型的用法的。

Answer 第 2 句才是正確的英文說法。

005 little / small

Q 我要「一點」牛奶。

1. I want **a small** quantity of milk.

2. I want **a little** quantity of milk.

▽ 精闢解析，別再誤用！

little 跟 small 都有小、少量的意思，但是如果後面緊接著數量、體積或容積有關的名詞，例如：quantity、amount、size 等，就要用 small 這個字，例如：a small amount of chocolate。

Answer 第 1 句才是正確的英文說法。

006 only / alone

Q「只有」Ray 是有罪的。

1. Ray **alone** is guilty.

2. Ray **only** is guilty.

▽ 精闢解析，別再誤用！

在上述句型中要使用 alone 這個字，如果要用 only，可以參考以下兩種情況：Only Ray is guilty.（只有 Ray 是有罪的。），或者是 Ray is only guilty of theft.（but not guilty of murder）（Ray 只犯下竊盜罪，但沒犯謀殺罪。）。

Answer 第 1 句才是正確的英文說法。

007 open / uncovered

Q 頭「沒遮好」前，不要到外面大太陽底下。

1. Do not go out in the sun with your head **open**.
2. Do not go out in the sun with your head **uncovered**.

▽ 精闢解析，別再誤用！

open 這個字是打開的，而 uncovered 的意思是沒有被遮住的。上述第一個例子 with your head open 是表示頭被打開。Open 的用法是 leave the door open（讓門敞開著），或是 with your eyes open（睜開你的雙眼）。

Answer 第 2 句才是正確的英文說法。

008 verbal / literal

Q 請「照字面逐一翻譯」這段文字。

1. Give a **verbal translation** of the passage please.
2. Give a **literal translation** of the passage please.

▽ 精闢解析，別再誤用！

上述兩個句子都沒有文法上的錯誤，但是在意義上是不一樣的。verbal translation 強調的是口語上的翻譯，或是使用言辭的技能，例如：verbal abuse（言語虐待）。而 literal translation 強調的是照字面逐字翻譯。

Answer 第 2 句才是正確的英文說法。

009 missing / absent

Q 今天老師很生氣，因為很多學生「缺席」。

1. The teacher was angry because too many students were **absent** today.
2. The teacher was angry because too many students were **missing** today.

▽ 精闢解析，別再誤用！

absent 有缺席的意思，除了人缺席可用，心的缺席（心不在焉）也可用 absent＋noun，例如：漫不經心的回答（absent reply）。而 missing 指的是掉了的或是失蹤的，例如：掉了的牙齒（a missing tooth）。

Answer 第 1 句才是正確的英文說法。

010 subjective / objective

Q 科學家必須保持「客觀」。

1. Scientists need to be **subjective**.
2. Scientists need to be **objective**.

▽ 精闢解析，別再誤用！

objective 和 subjective 兩字很容易被混淆。objective 是形容不受感情因素影響的客觀事實，其反義詞是 subjective，形容主觀的判斷。subject 為主體，也指英文文法中的「主詞」；而 object 指物體。一般我們對人的喜惡是 subjective；而科學研究的數據是 objective。

Answer 第 2 句才是正確的英文說法。

011 willing / able

Q 我不確定這個嬌小的孩子是否「能夠」扛得動那個很重的袋子。

1. I'm not sure if the little kid **is willing to** carry that heavy bag.
2. I'm not sure if the little kid **is able to** carry that heavy bag.

▽ 精闢解析，別再誤用！

able 指的是有能力的，比較級跟最高級分別是 abler 和 ablest，例如：比較稱職的老師（an abler teacher）。而 willing 指的是有意願的，例如：義工（willing helper／volunteer）。如果是第一句應翻譯為：我不確定這個嬌小的孩子是否「願意」扛那個很重的袋子。

Answer 第 2 句才是正確的英文說法。

012 abnormal / subnormal

Q 你的血液檢查有任何「異常的」地方嗎？

1. Is there anything **abnormal** with your blood test?
2. Is there anything **subnormal** with your blood test?

▽ 精闢解析，別再誤用！

在英文中 abnormal 和 subnormal 很容易被誤用。前者指的是不正常或是反常的，例如：在歐洲冬天應該很冷，室外溫度卻高達 30 度；後者則是指低於正常值或平均值以下的，例如：智能不足（subnormal intelligence）。

Answer 第 1 句才是正確的英文說法。

013 academic / technical

Q 他在繪畫方面的興趣純屬「學術研究」，他自己是不畫畫的。

1. His interest in painting is purely **technical**. He is not a painter himself.

2. His interest in painting is purely **academic**. He is not a painter himself.

▽ 精闢解析，別再誤用！

在比較 academic 和 technical 的不同時，會發現 academic 是屬於學術性的或是理論上的，例如：學術研究（academic studies）。而 technical 則是與技術或操作有關的，例如：操作技術（a technical skill）。

Answer 第 2 句才是正確的英文說法。

014 adept / adaptable

Q 我想她在新的學校一切都會很好的，因為她「適應力很強」

1. I think she will be fine at the new school; she is very **adept**.

2. I think she will be fine at the new school; she is very **adaptable**.

▽ 精闢解析，別再誤用！

在記憶單字的時候，很容易將 adaptable 和 adept 混淆。前者是指適應力很強的，當一個人能很快的適應各種變化就可以用 adaptable 來形容；但是後者指的是對某一件事是很內行的，很擅長的，句型是 be adept at / in…。

Answer 第 2 句才是正確的英文說法。

015 be addicted to / be obsessive with

Q 我弟弟不承認他「有」菸「癮」。

1. My brother doesn't admit that he **is addicted to** smoking.

2. My brother doesn't admit that he **is obsessive with** smoking.

▽ 精闢解析，別再誤用！

仰賴某種物品（藥物、酒精、電腦），一旦失去就非常痛苦，就用 be addicted to...。但如果是一個人無法控制自己不斷想到或在意某一件事，才用 be obsessive with...，例如：be obsessive with personal hygiene（過度在意個人衛生）。

Answer 第 1 句才是正確的英文說法。

016 admirable / adorable

Q 這個社區在幫助窮人方面有「極為出色的」表現。

1. The community did an **admirable** job of helping the poor.

2. The community did an **adorable** job of helping the poor.

▽ 精闢解析，別再誤用！

admirable 的意思是極好的，令人欽佩的意思，通常之後可以接或不接名詞，例如：admirable quality（品質極好），或 someone is admirable（某人令人欽佩）。adorable 意指可愛的，或是迷人的，通常可以用來形容一個人、物品或地方。

Answer 第 1 句才是正確的英文說法。

017 adjacent / adjoining

Q 圖書館離我們家「非常近」，我五分鐘到。

1. The library is **adjacent** to our house; I can get there in 5 minutes.

2. The library is **adjoining** to our house; I can get there in 5 minutes.

▽ 精闢解析，別再誤用！

英文中的 adjacent 和 adjoining 這兩個字幾乎可以作為同義字。不過嚴格來說 adjacent 指的是鄰近的，幾乎就要相連的兩個地方；而 adjoining 是形容建築物、或是房間緊挨著彼此，例如：adjoining landowners 鄰居。

Answer 第 1 句才是正確的英文說法。

018 advance / advanced

Q 只要你「提前」通知我，我確定你可以訂得到機票。

1. I am sure you can get the flight ticket as long as you give us an **advanced** notice.

2. I am sure you can get the flight ticket as long as you give me an **advance** notice.

▽ 精闢解析，別再誤用！

雖然只差了一個字母，advance 和 advanced 這兩個字意義可大不相同。advance 指的是比正常時間提前的，例如：提前預訂（advance booking）。advanced 則是指先進的、現代化的，甚至是智力發展超前的人。

Answer 第 2 句才是正確的英文說法。

019 affectionate / passionate

Q 這位母親給她的寶寶一個「慈愛的」擁抱。

1. The mother gave her baby a **passionate** hug.
2. The mother gave her baby an **affectionate** hug.

▽ 精闢解析，別再誤用！

當我們描述的是有如母愛般慈愛的、親切的情感，就可以使用 affectionate 這個字。但相對的，形容情感強烈的，充滿激情的就要使用 passionate 這個字；除了形容熱情的人，passionate 也可以用來形容激情的演出或是強烈的興趣等。

Answer 第 2 句才是正確的英文說法。

020 alive / living

Q 知道他仍「活著」實在太好了。

1. It's good to know that he is still **alive**.
2. It's good to know that he is still **living**.

▽ 精闢解析，別再誤用！

alive和living 都有活著的意思，但在用法上有相異之處。alive 之後不能直接接名詞，例如：stay alive。相對的，living 這個字後面通常都會接一個名詞，例如：living faith（強烈的信念）、living language（現行的語言）。

Answer 第 1 句才是正確的英文說法。

021 ancient / archaic

Q 這座小城仍然保有一些「古老的」風俗。

1. This small town still keeps some **ancient** customs.
2. This small town still keeps some **archaic** customs.

▽ 精闢解析，別再誤用！

ancient 與 archaic 這兩個字都有古老的意思，例如：古老的歷史（ancient history），或是老爺車（ancient car）。但比較不一樣的地方是，archaic 除了表示古老的，還帶有「現今不再使用」的意思，像是石碑上的古老符號。

Answer 第 1 句才是正確的英文說法。

022 eager / anxious

Q 政府非常「擔憂」人質們的安全。

1. The government is **eager** for the hostages' safety.

2. The government is **anxious** for the hostages' safety.

▽ 精闢解析，別再誤用！

anxious 是一種夾雜著擔心與害怕的情緒，例如：擔心某人的安危，或是等待消息時的焦慮。而eager 則是內心充滿期待與渴望的，例如：一個小孩渴望立刻打開耶誕禮物的心情（be eager to open the gift）。

Answer 第 2 句才是正確的英文説法。

023 appreciable / appreciative

Q 這個區域移民的人數「明顯」增加。

1. **Appreciative** numbers of immigrants increase in this region.

2. **Appreciable** numbers of immigrants increase in this region.

▽ 精闢解析，別再誤用！

appreciable 和 appreciative 因為拼法太接近，容易誤用。前者的意思是值得注意的或是明顯差異的，例如：明顯的改變（appreciable changes）。後者是感激的、或是有讚賞力的，例如：appreciative nod（認同的點頭）。

Answer 第 2 句才是正確的英文説法。

024 arrogant / proud

Q 他「狂妄自大的」行為令我覺得噁心。

1. His **arrogant** behavior made me sick.

2. His **proud** behavior made me sick.

▽ 精闢解析，別再誤用！

雖然 arrogant 和 proud 都有驕傲的意思，但在運用上仍有區別。如果要強調一個人令人反感的傲慢態度，就會用 arrogant 這個字。相對的，proud 一般來說是指一個人是有自尊心的，或是以某件事或某人為傲的，例如：父親以兒子為傲。

Answer 第 1 句才是正確的英文説法。

025 astonished / shocked

Q 我對她外表的改變感到「非常吃驚」。

1. I am **astonished** by all the changes in her appearance.

2. I am **shocked** by all the changes in her appearance.

▽ 精闢解析，別再誤用！

astonished 和 shocked 在中文注釋中都有驚訝的意思，但是所代表的意義是不大一樣的。astonished 是對某件事（可能是好事或是不好的事）感到驚奇或訝異；而 shocked 通常是強調對一場悲劇或意外感到震驚，通常有負面情緒。

Answer 第 1 句才是正確的英文說法。

026 athletic / sporty

Q 你看他那「運動員般的」體格。

1. Look at his **sporty** build!

2. Look at his **athletic** build!

▽ 精闢解析，別再誤用！

athletic 指的是運動員的，舉凡運動員的速度、肌力等。但是 sporty 則是指一個人是擅長運動的或是喜歡運動的，比較特別的是，sporty 也可以用來形容鮮豔瀟灑的服飾及跑車，例如：敞篷跑車（sporty convertible）。

Answer 第 2 句才是正確的英文說法。

027 attractive / good-looking

Q 我從來就不覺得那台車有什麼「好看的」。

1. I've never found that car really **attractive**.

2. I've never found that car really **good-looking**.

▽ 精闢解析，別再誤用！

attractive 和 good-looking 兩字都有英俊漂亮的意思。attractive 特別用來形容有魅力的男人、女人或者是迷人的事物。同樣的，good-looking 也可以用來形容一個好看的男人或女人，但是不會用來形容一件物品。

Answer 第 1 句才是正確的英文說法。

028 automatic / voluntary

Q 她總是對每個人保持「機械式的」微笑,甚至是當她不開心的時候。

1. She always has an **automatic** smile for everyone even when she is upset.
2. She always has a **voluntary** smile for everyone even when she is upset.

▽ 精闢解析,別再誤用!

雖然在中文注釋裡automatic和voluntary都有自動的意思,其實兩者意思是不一樣的。在上述例句中,automatic指的是像機器一樣無意識的笑容;而voluntary是指自願、自發性的,例如:自願捐助的或是義務幫忙的。

Answer 第 1 句才是正確的英文說法。

029 challenging / difficult

Q 我的工作總是「具有挑戰性」,但我就是愛我的工作。

1. My job is always **difficult**, but I love it.
2. My job is always **challenging**, but I just love it.

▽ 精闢解析,別再誤用!

challenging 和 difficult 兩字都有困難的意思,但是 challenging 代表了一件事雖然具有挑戰性的,但其中也有趣味,是可以讓人發揮能力的。所以當一件事情有其困難度,但卻讓人想要去從事,就可以用 challenging 這個字。

Answer 第 2 句才是正確的英文說法。

030 cheap / inexpensive

Q 我確定她是不會買那件「質感不好」又難看的洋裝的。

1. I am sure she won't buy that **inexpensive** and nasty dress.
2. I am sure she won't buy that **cheap** and nasty dress.

▽ 精闢解析,別再誤用!

就某一部分而言,cheap 和 inexpensive 的確是同義字,都有品質不錯但便宜、廉價的意思。但是 cheap 也代表品質極差沒有質感的東西,尤其當它與 nasty 這個字並用時。以上述例句來看,強調的不是價格低廉而是沒有質感的。

Answer 第 2 句才是正確的英文說法。

031 childlike / childish

Q 我一點都不欣賞他「幼稚的」玩笑。

1. I don't appreciate his **childish** pranks.
2. I don't appreciate his **childlike** pranks.

▽ 精闢解析，別再誤用！

在孩子的身上可以看到天使善良的一面，也可以看到幼稚不成熟的一面，childlike 代表的就是像孩子童真一般的。childish 代表的就是像孩子一般幼稚的。記憶的小方法是 childlike 的字尾是 like，代表孩子討人喜歡的特質。

Answer 第 1 句詞才是正確的英文說法。

032 classic / classical

Q 他收藏「經典」電影。

1. He collects **classical** films.
2. He collects **classic** films.

▽ 精闢解析，別再誤用！

日常生活中許多人會誤用 classic 和 classical 這兩個字。前者有經典、典範的意思，或者指典型的，例如：典型的例子（a classic example）。而 classical 則是古典的，例如：希臘文的、拉丁文的，或是歷史久遠的古典音樂。

Answer 第 2 句才是正確的英文說法。

033 complimentary / complementary

Q 她穿了一件新洋裝「附加」一個皮包。

1. She wore a new dress with a **complimentary** purse.
2. She wore a new dress with a **complementary** purse.

▽ 精闢解析，別再誤用！

乍看之下，complementary 和 complimentary 根本就是同一個字。但仔細看，前者的意思是補充的、互補的；而 complimentary的意思則是表示敬意的或是讚賞的，例如：讚美之辭（complimentary remark）。

Answer 第 2 句才正確的英文說法。

034 confident / confidentai

Q 毫無疑問的，有一天她會成為「很有自信的」商場女強人。

1. There is no doubt that one day she will become a **confident** businesswoman.
2. There is no doubt that one day she will become a **confidential** businesswoman.

▽ 精闢解析，別再誤用！

在電影裡常會聽到 confidential 這個字，卻不明白其意思。confidential 的意思是機密的，例如：在醫院裡病人的報告，或是政府的文件通常屬於不可隨便洩漏的機密。要人保守祕密可以說 keep it confidential。

Answer 第 1 句才是正確的英文說法。

035 conscious / aware

Q 病人的神智現在已經完全「清醒」了。

1. The patient is now fully **conscious**.
2. The patient is now fully **aware**.

▽ 精闢解析，別再誤用！

就某方面來說 conscious 和 aware 的確是可以互換使用的，例如：意識到的 be aware of = be conscious of。但是在上述例子中，是指病人神智清醒的意思時，就必須用 conscious，而不能以 aware 替代。

Answer 第 1 句才是正確的英文說法。

036 subsequent / cosnsequent

Q 高失業率是由經濟衰退所「造成的結果」。

1. High unemployment rate is **subsequent** to the economic recession.
2. High unemployment rate is **consequent** to the economic recession.

▽ 精闢解析，別再誤用！

consequent 跟 subsequent 是很容易被混淆的。前者所代表的是兩件事情的因果關係，例如：上述例子中 A is consequent to B，代表 A 是 B 所造成的。而 subsequent 則代表兩件事的前後關係，例如：吃完飯後就去午睡。

Answer 第 2 句才是正確的英文說法。

037 imaginative / creative

Q 我感受到一股「創造」力。

1. I felt a burst of **creative** energy.
2. I felt a burst of **imaginative** energy.

▽ 精闢解析，別再誤用！

imaginative 和 creative 兩者的差別在於前者是具有想像能力的，而後者不但有想像力，還能將想像的世界變成為實際。一家公司的創意總監就是 creative director，而不會用 imaginative director 這個字。

Answer 第 1 句才是正確的英文說法。

038 cruel / brutal

Q 一個小孩的誠實可以是「殘酷的」。

1. A child's honesty can be **brutal**.
2. A child's honesty can be **cruel**.

▽ 精闢解析，別再誤用！

cruel 和 brutal 兩者意思相近，在許多情況下可以互換使用。但是以殘暴的程度來講 brutal略勝一籌，尤其是指夾雜暴力以及戰爭的野蠻行為。在上述的例子中，是比喻小孩子的話有時也有一定的殺傷力，但非指暴力方面，因此在此使用 cruel 這個字會比較合適。

Answer 第 2 句才是正確的英文說法。

039 damp / moist

Q 旅館的房客抱怨他們房間「潮濕的」牆壁。

1. The hotel guests complained about the **moist** walls in their room.
2. The hotel guests complained about the **damp** walls in their room.

▽ 精闢解析，別再誤用！

damp 和 moist 這兩個字都有微濕的意思，比較起來，damp 是一種比較令人不快的潮濕感，例如：潮濕氣候（damp climate）。而 moist 則大多用來形容食物（moist cake 指濕潤的蛋糕），以及身體部位，例如：水汪汪的眼睛（moist eyes）。

Answer 第 2 句才是正確的英文說法。

040 dangerous / risky

Q 小心！這是一隻「危險的」動物。

1. Be careful! It is a **dangerous** animal.
2. Be careful! It is a **risky** animal.

▽ 精闢解析，別再誤用！

dangerous 和 risky的部分用法是相同的，例如：It's risky／dangerous to jump from a building.（跳下建築物很危險。）。但是當我們要形容有毒的藥物、兇猛的野獸，或是危險的罪犯時，就只能用 dangerous。

Answer 第 1 句才是正確的英文說法。

041 deadly / deathly

Q 「可致命的」武器在他的保險箱裡被發現了。

1. **Deathly** weapon was found in his safe.
2. **Deadly** weapon was found in his safe.

▽ 精闢解析，別再誤用！

deadly 和 deathly 兩字都跟死亡有關。前者指的是致命的，例如：致命的毒藥（deadly poison），或指兩個不共戴天的仇人（deadly enemies）。而deathly 的意思則是如死亡般的，譬如：Her face was deathly pale.（她的臉色蒼白的要命。）。

Answer 第 2 句才是正確的英文說法。

042 decided / decisive

Q 我們公司在這場競爭當中有「明顯的」優勢。

1. Our company has a **decided** advantage in this competition.
2. Our company has a **decisive** advantage in this competition.

▽ 精闢解析，別再誤用！

decided 和 decisive 這兩個字在某些情況下的確可以替換使用。比較容易引起混淆的是 a decided victory 和 a decisive victory 這兩者間的差異，前者指的是明顯的、絕對的勝利；而後者指的是決定性的一次勝利。

Answer 第 1 句才是正確的英文說法。

043 defensive / protective

Q 你不用那麼「充滿戒心的」，我們不會批評你的。

1. You don't have to be so **protective**. We won't criticize you.

2. You don't have to be so **defensive**. We won't criticize you.

▽ 精闢解析，別再誤用！

defensive 和 protective 都有保護的意思，通常 defensive 會涉及到武器與戰略，例如：defensive weapons（防衛性武器）。跟 protective 不同的是，defensive 還有一個比較負面的意思，就是對別人的批評充滿戒心的。

Answer 第 2 句才是正確的英文說法。

044 definitive / definite

Q 他非常「確定」他會離開這個國家。

1. He is pretty **definitive** about leaving the country.

2. He is pretty **definite** about leaving the country.

▽ 精闢解析，別再誤用！

definite 的意思是明確清楚的，因此一個明確的答案就會寫成 a definite answer。而definitive 的意思是最終的，不會再更改的，所以一個最終或是已成定局的答案就會寫成 a definitive answer。

Answer 第 2 句才是正確的英文說法。

045 tasty / delicious

Q 我好愛這個從我媽廚房飄來的烹煮「香味」。

1. I love that **delicious smell** of cooking coming from my mom's kitchen.

2. I love that **tasty smell** of cooking coming from my mom's kitchen.

▽ 精闢解析，別再誤用！

delicious 和 tasty 在形容食物時通常是可以互為替換的。只有以下兩種情況比較特別。首先delicious 除了可以形容東西吃起來很美味，也可以形容聞起來很香，如上述例句。另外，當我們形容甜點時，不會用 tasty 這個字。

Answer 第 1 句才是正確的英文說法。

046 delighted / delightful

Q 我「好高興」能見到你本人。

1. I am **delightful** to meet you in person.
2. I am **delighted** to meet you in person.

▽ 精闢解析，別再誤用！

delighted 和 delightful 常被誤用。delighted 是很高興的，而 delightful 是指令人愉快的，例如：我們因為天氣心情大好。（We are delighted with the weather.）、多麼令人愉快的一天！（What a delightful day!）。

Answer 第 2 句才是正確的英文説法。

047 disinterested / uninterested

Q 我們需要一個可以提供客觀意見的「公正」旁觀者。

1. We need a **disinterested** observer who can provide some objective opinions.
2. We need an **uninterested** observer who can provide some objective opinions.

▽ 精闢解析，別再誤用！

雖然 dis 和 un 都有否定的意思，disinterested 和 uninterested 意思卻不一樣。前者是保持公正的，而後者是沒有興趣的。雖然有人認為 disinterested 也有不關心的意思，不過這是屬於比較不正式的用法。

Answer 第 1 句才是正確的英文説法。

048 unorganized / disorganized

Q 這個會議根本就是浪費時間。它「毫無章法」可言。

1. The meeting was a waste of time. It was **unorganized**.
2. The meeting was a waste of time. It was **disorganized**.

▽ 精闢解析，別再誤用！

disorganized 指的是一個人在安排事物上表現的毫無章法，或是一個混亂的系統、會議等。而 unorganized 是用來形容東西雜亂的或是未經整理的，或是指沒有加入某種組織的人，例如：unorganized workers（未加入組織的勞工）。

Answer 第 2 句才是正確的英文説法。

049 distracted / disturbed

Q 如果你覺得「煩躁不安」的話，就出去走走吧。

1. If you are feeling **distracted**, go take a walk.
2. If you are feeling **disturbed**, go take a walk.

▽ 精闢解析，別再誤用！

distracted 的意思是分心的、不安的，之後通常接 with，例如：be distracted with TV（因電視而分心）。disturbed 則是指精神狀況紊亂的、心理異常的，而 be disturbed about 是表達因為某件事而感到非常不快樂。

Answer 第 1 句才是正確的英文說法。

050 disused / unused

Q 警察在「廢棄不用的」鐵道上發現一具死屍。

1. The police found a dead body on the **disused** railway.
2. The police found a dead body on the **unused** railway.

▽ 精闢解析，別再誤用！

從文法上來看，上述兩個例句都沒有錯誤，但是兩句在語意上卻是不一樣的。disused 指的是廢棄而不再使用的（可能是因為老舊或不安全的原因）；相對的，unused 指的是沒有用過，或是沒有在使用而閒置的（可能是因為有其它的可用）。

Answer 第 1 句才是正確的英文說法。

051 dubious / doubtful

Q 他們賺錢的方式「非常可疑」。

1. They earn their money though **doubtful** means.
2. They earn their money through **dubious** means.

▽ 精闢解析，別再誤用！

當一個人對某件事情感到懷疑的時候，dubious 和 doubtful 是可以互換的，之後接介系詞about。但是當形容某一件事非常可疑，可能跟非法途徑有關，就要用 dubious 這個字，例如：可疑的行為（dubious behavior）。

Answer 第 2 句才是正確的英文說法。

052 earthly / earthy

Q 大多數的人太過在乎他們在「塵世間」所擁有的財務。

1. Most people care too much about their **earthly** possessions.
2. Most people care too much about their **earthy** possessions.

▽ 精闢解析，別再誤用！

earthly 和 earthy 跟 earth 有關。但意義卻不太相同。前者指的是在人間的、塵世間的，例如：塵世間的快樂（earthly joys）。而 earthy 則是指泥土的、像泥土的，或是粗俗的，例如：粗俗的幽默感（earthy humor）。

Answer 第 1 句才是正確的英文説法。

053 eastern / east

Q 這屋子「東邊的」窗戶壞了。

1. The house's **eastern** window was broken.
2. The house's **east** window was broken.

▽ 精闢解析，別再誤用！

當我們很明確的知道是東邊時，通常會使用 east 這個字；但如果強調的是一個大範圍，尤指政治範圍，就用 eastern，例如：東部地區。而如果是用在地名上，則兩者都可以使用，例如：eastern Europe（東歐），或是 east Germany（東德）。

Answer 第 2 句才是正確的英文説法。

054 economic / economical

Q 「經濟」不景氣給歐洲帶來了很多問題。

1. The **economic** recessions have caused Europe lots of problems.
2. The **economical** recessions have caused Europe lots of problems.

▽ 精闢解析，別再誤用！

economic 和 economical 兩個字都跟「經濟」有關，前者指的是經濟上的，例如：經濟狀況（economic state）；而 economical 指的是精打細算、節儉的，例如：現在大家會想買比較經濟省油的車子（economical car）。

Answer 第 1 句才是正確的英文説法。

055 electrical / electric

Q 我爸放了一個「電子」暖爐在我房間。

1. My dad put an **electrical** heater in my bedroom.
2. My dad put an **electric** heater in my bedroom.

▽ 精闢解析，別再誤用！

只要記得，electric 是指「直接靠電發動」的，舉凡電燈、發電機等。以上述的例子來說，電子爐是靠電發動的，所以是用 electric 這個字；而 electrical 是「與電有關的」，所以指電機工程或是電機故障就會用 electrical。

Answer 第 2 句才是正確的英文說法。

056 elegant / graceful

Q 這家店以其「優雅的」女性服飾聞名。

1. The shop is known for its **elegant** line of ladies' apparel.
2. The shop is known for its **graceful** line of ladies' apparel.

▽ 精闢解析，別再誤用！

elegant 和 graceful 的用法與意思非常相近。elegant 可以用來形容人的舉止或物品，例如：elegant necklace（優雅的項鍊）。但是 graceful 通常是用來形容一個人的動作或身體的姿態，例如：graceful movements。

Answer 第 1 句才是正確的英文說法。

057 energetic / lively

Q 這位女士成為一個「熱心的」義工已經有十三年了。

1. The lady has been an **energetic** volunteer for 13 years.
2. The lady has been a **lively** volunteer for 13 years.

▽ 精闢解析，別再誤用！

energetic 和 lively 是看似意思相近的兩個字。energetic 通常用來形容人充滿活力的，或是熱情參與某項事務；但是 lively 通常是指人動作輕盈的，或是某樣東西是活潑的，例如：a lively song（一首輕快的歌）。

Answer 第 1 句才是正確的英文說法。

058 envious / jealous

Q 我很「羨慕」她姣好的身材。

1. I am **envious** of her fine figure.
2. I am **jealous** of her fine figure.

▽ 精闢解析，別再誤用！

envious 和 jealous 乍看好像是同義的兩個字，事實上仍有不同。jealous 的程度比 envious來得嚴重；envious 是對別人擁有的東西感到羨慕的，但是 jealous 除了羨慕別人以外，還帶有憤怒及不滿的情緒。

Answer 第 1 句才是正確的英文說法。

059 expectionable / expectional

Q 班上的每個同學都很聰明，但其中一個女生「特別出色」。

1. Every student in the class is smart, but one girl is **exceptionable**.
2. Every student in the class is smart, but one girl is **exceptional**.

▽ 精闢解析，別再誤用！

exceptional 和 exceptionable 意思是不同的。前者是指出色的，例如：exceptional wedding（出色的婚禮）。後者指的是令人反感的，例如：一場令人反感的演說（an exceptionable piece of speaking），或是一篇令人反感的文章（an exceptionable piece of writing）。

Answer 第 2 句才是正確的英文說法。

060 fearful / fearsome

Q 這個屋頂被「可怕的」暴風雨給損壞了。

1. The roof was damaged by the **fearsome** storm.
2. The roof was damaged by the **fearful** storm.

▽ 精闢解析，別再誤用！

fearful 和 fearsome 都有令人害怕的意思，但是用法上可是非常不同的。前者指的是恐怖的，但是後者通常有幽默的意味，例如：被泥巴沾滿全身的小孩看起來很可怕，並不是因為這個小孩會傷害人，而是因為他髒的程度令人受不了。

Answer 第 2 句才是正確的英文說法。

061 female / feminine

Q 這家公司目前只需要「女性」員工。

1. The company only needs **feminine** workers at this moment.

2. The company only needs **female** workers at this moment.

▽ 精闢解析，別再誤用！

female 是指雌性的（動物、植物或人類）。feminine 則是女性化的，只能用來形容人。我們形容一個人很女性化的時候，可以用 female 或是 feminine 來形容，例如：female／feminine voice（女人的聲音、女性化的聲音）。

Answer 第 2 句才是正確的英文説法。

062 fierce / strict

Q 這個殺手臉上一副「凶狠的」表情。

1. The killer has a very **fierce** look on his face.

2. The killer has a very **strict** look on his face.

▽ 精闢解析，別再誤用！

He is fierce. 跟 He is strict. 這兩句話的意思是不一樣的；前者指的是他很兇狠，後者指的是他很嚴厲。兇狠是涉及暴力與憤怒並且具傷害性的，而嚴厲則形容對規則的要求很多很明確，例如：嚴格的指令（strict orders）。

Answer 第 1 句才是正確的英文説法。

063 forceful / forced

Q 這位年輕的領袖在他的人民面前做了一場「強而有力的」演説。

1. The young leader made a **forced** speech in front of his people.

2. The young leader made a **forceful** speech in front of his people.

▽ 精闢解析，別再誤用！

forceful 是讚美一個人、一段演説或是一段文字是具説服力的，例如：a forceful argument（有説服力的論點）。forced 是指不得已的、被強迫的，比如一個不是出於自願的微笑 a forced smile（牽強的微笑）。

Answer 第 2 句才是正確的英文説法。

064 forgivable / forgiving

Q 這是一個「可以被原諒的」錯誤。

1. It was a **forgivable** mistake.

2. It was a **forgiving** mistake

▽ 精闢解析，別再誤用！

forgivable 指的是可以被寬恕的，以上述句子為例，也可以寫成 The mistake was forgivable.。 而 forgiving 則是指一個人很仁慈的，描述對某件事很仁慈時，就用 be forgiving + 介系詞 of。

Answer 第 1 句才是正確的英文說法。

065 formal / official

Q 這是一件適合「正式」場合所穿的服裝。

1. It's a suitable dress for an **official** occasion.

2. It's a suitable dress for a **formal** occasion.

▽ 精闢解析，別再誤用！

formal 和 official 的中文釋義裡都有正式的意思，所以很容易混淆。formal 指的是正式的場合，例如：formal dinner（正式的晚宴），但是 official 的意思是指官方的、正式的，舉凡：正式的文件、公務（official duties）等。

Answer 第 2 句才是正確的英文說法。

066 forthright / blunt

Q 他給我們一個誠實而「直率的」答案。

1. He gave us a rather honest and **blunt** answer.

2. He gave us a rather honest and **forthright** answer.

▽ 精闢解析，別再誤用！

forthright 和 blunt 意思的確很相近，兩者都有坦率而直言不諱的意思，前者沒有負面的意思，但是 blunt 強調的是比較不客氣或粗魯的說話方式，例如：粗魯的語言（blunt language），而所說的內容很容易引起對方的不快。

Answer 第 2 句才是正確的英文說法。

067 fruity / fruitful

Q 你有沒有嚐到酒裡的「果香」味呢？

1. Did you taste the **fruitful** taste from the wine?

2. Did you taste the **fruity** taste from the wine?

▽ 精闢解析，別再誤用！

雖然 fruity 和 fruitful 都與 fruit（水果）這個字有關，意義卻是不同的。前者指的是有水果（香）味的，例如：fruity dessert（有果味的甜點）。而 fruitful 原指多產的，現指成果豐碩的，例如：fruitful meeting（有成效的會議）。

Answer 第 2 句才是正確的英文說法。

068 funny / fun

Q 跟孩子們玩「很有趣」，但養育他們卻不容易。

1. It's **funny** to play with children, but difficult to raise them.

2. It's **fun** to play with children, but difficult to raise them.

▽ 精闢解析，別再誤用！

日常生活中許多人會誤用 fun 和 funny 兩字。fun 指的是有趣的、好玩的（遊戲、工作等），而 funny 指的是好笑的或是滑稽的（玩笑或故事），例如：fun story 指的是有趣的故事，而 funny story 指的是好笑的故事。

Answer 第 2 句才是正確的英文說法。

069 gentle / gentlemanly

Q 他「紳士般的」舉止令人印象深刻。

1. His **gentle** conduct was very impressive.

2. His **gentlemanly** conduct was very impressive.

▽ 精闢解析，別再誤用！

當我們要形容一個人有紳士風度的，常常說成他很 gentleman 或是他很 gentle，其實正確的用法應該是 gentlemanly。gentle 的意思是溫和的、和緩的，例如：gentle personality（個性溫和），或是 gentle eyes（溫和的眼睛）。

Answer 第 2 句才是正確的英文說法。

070 global / international

Q 「全球」氣候變化已經成為最大的話題之一。

1. **Global** climate change has become one of the biggest issues.

2. **International** climate change has become one of the biggest issues.

▽ 精闢解析,別再誤用!

global 和 international 兩字常被誤用。global 這個字是全球的、世界性的,例如:奧運是一個 global event(全球的大事)。而 international 則是國際的,只要是超過兩個國家以上的就可以被稱為 international。

Answer 第 1 句才是正確的英文說法。

071 well / good

Q 他「很棒」。

1. He is **good**.

2. He is **well**.

▽ 精闢解析,別再誤用!

我們都知道 well 是 good 的副詞,但是當 well 做為形容詞時,通常是指身體健康的,例如:She is well. 意思是她的健康狀況很好,而 look well 是看起來很健康的。上述例子語意是他很棒,所以不適用 well 這個字。

Answer 第 1 句才是正確的英文說法。

072 hardheaded / stubborn

Q 她提供她老闆一些「實質的」建議。

1. She gave her boss some **hardheaded** advice.

2. She gave her boss some **stubborn** advice.

▽ 精闢解析,別再誤用!

hardheaded 的確跟 stubborn 一樣有固執的意思,但是當 hardheaded 用來形容商業方面的事物時,hardheaded 指的是精明的、講究實際的,或是不感情用事的,例如:hardheaded decision(精明的決定)。

Answer 第 1 句才是正確的英文說法。

073 historic / historical

Q 能見證這場「具有歷史意義的」活動真是我的榮幸。

1. It's quite an honor to witness this **historical** event.

2. It's quite an honor to witness this **historic** event.

▽ 精闢解析，別再誤用！

historic 和 historical 兩字都與歷史有關。前者指的是具有歷史意義或影響的，例如：二次世界大戰是一場 historic war（具歷史意義的戰爭）。後者指的是歷史學的、歷史的，舉凡歷史劇、歷史研究都會用到 historical 這個字。

Answer 第 2 句才是正確的英文說法。

074 imaginative / imaginary

Q 我女兒有一個「想像的」朋友。

1. My daughter has an **imaginative** friend.

2. My daughter has an **imaginary** friend.

▽ 精闢解析，別再誤用！

imaginative 的意思是想像力豐富的，所以在上述例句中，第一句的意思是我女兒有一個富想像力的朋友。imaginary 則是指想像的、虛構的。如果一部電影是 based on imaginary events 代表電影是虛構的。

Answer 第 2 句才是正確的英文說法。

075 immoral / amoral

Q 她的行為沒有任何「違反道德」之處。

1. There was nothing **immoral** about her behavior.

2. There was nothing **amoral** about her behavior.

▽ 精闢解析，別再誤用！

immoral 和 amoral 這兩個字拼法類似，而且意思都跟道德有關。前者是指違反社會道德的，或是放蕩的，它的反義詞是 moral（講道德的）；而 amoral 則是指不顧道德只顧利益的，例如：不顧道德的生意人（amoral businessman）。

Answer 第 1 句才是正確的英文說法。

076 intelligent / intellectual

Q 這隻狗是「很聰明的」。

1. The dog is **intelligent**.
2. The dog is **intellectual**.

▽ 精闢解析，別再誤用！

intelligent 屬於天生有領悟能力的及明智的（建議、想法），但是 intellectual 通常是因為學習以及研究而成為有智力的。我們可以形容幼兒跟動物 intelligent，但不能形容他們是 intellectual。

Answer 第 1 句才是正確的英文説法。

077 intense / intensive

Q 這兩個部門間一直有著「激烈的競爭」。

1. There has been **intense** competition between the two departments.
2. There has been **intensive** competition between the two departments.

▽ 精闢解析，別再誤用！

intense 和 intensive 這兩個字非常容易被混淆。前者指的是某種程度或是情感非常強烈的，例如：劇痛 intense pain。而 intensive 則是指集中力量在短期完成的、密集的，如 an intensive course。上述例句中指的是兩方激烈的競爭，所以要用 intense。

Answer 第 1 句才是正確的英文説法。

078 mad / angry

Q 這位母親悲傷得幾乎「要瘋了」。

1. The mother was almost **mad** with grief.
2. The mother was almost **angry** with grief.

▽ 精闢解析，別再誤用！

mad 和 angry 在形容「生氣的」是可互換的同義字，之後接介系詞 with 或 at。但是 mad 這個字同時也有瘋的、精神錯亂的意思，句型是 be mad with…。 以上述例句來說，因為悲傷導致的結果，用 mad 比 angry 合乎語意。

Answer 第 1 句才是正確的英文説法。

079 many / much

Q 我們並沒有「太多」選擇。

1. We don't have **many** choices.
2. We don't have **much** choices.

▽ 精闢解析，別再誤用！

一個句子裡要用 many 或是 much，就要看其後所形容的名詞為可數或是不可數名詞。many用來形容可數名詞，像是：apple（蘋果）、people（人群）及 computer（電腦）。而 much 用來形容不可數名詞，像是：research（研究）、money（金錢）、German（德國人）等。

Answer 第 1 句才是正確的英文說法。

080 minded / mindful

Q 他有「堅強的意志」要騎著摩托車環遊世界。

1. He is **minded** to travel around the world with his motorcycle.
2. He is **mindful** to travel around the world with his motorcycle.

▽ 精闢解析，別再誤用！

從字面上來看就知道 minded 和 mindful 都與 mind（意志） 這個字有關。minded 指的是有堅強意志的，其後接 to 加動詞，例如：be minded to study abroad（決心出國留學）。而 mindful 則是指留意（重要事情）的，其後接介系詞 of。

Answer 第 1 句才是正確的英文說法。

081 movable / mobile

Q 我現在「行動」比較「自由」，因為我有一台車了。

1. I am much more **mobile** as I have a car now.
2. I am much more **movable** as I have a car now.

▽ 精闢解析，別再誤用！

movable 的意思是可移動的，舉凡可以移動的家具或是玩具等。但只有形容能夠輕易並且快速移動的時候才能用 mobile 這個字，例如：家用電話是 movable，但是因為有電話線，移動並不方便，所以才有了行動電話 mobile phone 的發明。

Answer 第 1 句才是正確的英文說法。

082 mysterious / mystical

Q 他對他的新計畫故作「神祕」。

1. He is being **mystical** about his new plan.

2. He is being **mysterious** about his new plan.

▽ 精闢解析，別再誤用！

mysterious 和 mystical 都與 mystery（神祕）有關。mysterious 指的是神祕的，例如：神祕的失蹤（the mysterious disappearance）。而 mystical 是神祕主義的，或跟宗教有關的神祕的（儀式、經驗等）。

Answer 第 2 句才是正確的英文說法。

083 noticeable / noted

Q 我很高興我車子損壞的地方一點也不「明顯」。

1. I am glad that the damage to my car is barely **noticeable**.

2. I am glad that the damage to my car is barely **noted**.

▽ 精闢解析，別再誤用！

noticeable 指的是顯著的、引人注意的，例如：時下年輕人引人注目的服飾（noticeable apparel）。而 noted 指的是知名的，或以……出名的，例如：某地以紅酒出名。（It's noted for its red wine.）。

Answer 第 1 句才是正確的英文說法。

084 premature / immature

Q 莫札特 35 歲就「早逝」是一大損失。

1. Mozart's **premature death** at the age of 35 is a great loss.

2. Mozart's **immature death** at the age of 35 is a great loss.

▽ 精闢解析，別再誤用！

premature 的意思是指比正常時間提前的或是過早的，例如：小寶寶早產兩個月。（The baby was two months premature.）。而 immature 這個字指的是發育未全的、未成熟的（水果）或不成熟的（行為）。

Answer 第 1 句才是正確的英文說法。

常見文法問題 & 文法易犯錯誤

085 shameful / ashamed

Q 這個屠殺無辜孩童的「可恥」行徑震驚了全世界。

1. The **shameful** slaughter of innocent children shocked the whole world.

2. The **ashamed** slaughter of innocent children shocked the whole world.

▽ 精闢解析，別再誤用！

如果一個人做了可恥的行為或表現，其中的「可恥的」就要用 shameful 這個字。而此人應該為自己所做的事「感到羞恥」，就要用 be ashamed。以上述句型為例，是指可恥的行徑，所以要用 shameful 這個字。

Answer 第 1 句才是正確的英文說法。

086 vacant / empty

Q 洗手間「沒有人在用」嗎？

1. Is the lavatory **empty**?

2. Is the lavatory **vacant**?

▽ 精闢解析，別再誤用！

vacant 和 empty 兩字都有空著的意思，但正確來說，vacant 指的是沒有被人占用的，例如：a vacant seat（空的座位）。而 empty 指的才是空的（杯子、肚子、街道等）。唯有在指空房子或房間時，可用 vacant／empty house。

Answer 第 2 句才是正確的英文說法。

087 youthful / young

Q 一個「年輕的」母親正在盡一切力量照顧她的寶寶。

1. A **youthful** mother is doing everything to take care of her baby.

2. A **young** mother is doing everything to take care of her baby.

▽ 精闢解析，別再誤用！

如果一個人年紀很輕，我們會說：He is young；但如果一個人年紀不小，卻洋溢著青春活力，我們就會說 He is still youthful.。舉凡年輕人特有的，包括熱忱、外貌或是態度，都可以用 youthful 這個字。

Answer 第 2 句才是正確的英文說法。

088 heavy / big

Q 難道你不知道明天有「大雨」嗎？

1. Don't you know there will be a **heavy rain** tomorrow?

2. Don't you know there will be a **big rain** tomorrow?

▽ 精闢解析，別再誤用！

heavy 多用來描述事物的重量很重、質量厚實，或是指「超量的」、比正常的數量／體積大小都要多，也能指物理力道之大；而 big 指大小、內容及數量的龐大，或是描述事情嚴重程度很大。而此處敘述雨 (rain) 很大，超過平常下雨的雨量，因此用 heavy 表示。

Answer 第 1 句才是正確的英文說法。

089 busy / heavy

Q 昨天因為「交通堵塞」我遲到了。

1. Yesterday I was late because of the **busy traffic**.

2. Yesterday I was late because of the **heavy traffic**.

▽ 精闢解析，別再誤用！

如上題，若要表示「超量的」，比平常事務的程度還要強，就會特意用 heavy 來表示。上述例子中，描述 traffic（交通）很堵塞，車流量比平常要「大」，就用 heavy 表示較為適合。只描述人、事物「繁忙」的狀態，就用 busy 表示即可，如 the busy street（繁忙的街道）。

Answer 第 2 句才是正確的英文說法。

090 newest / latest

Q 有什麼「最新」消息嗎？

1. Is there any **newest** news?

2. Is there any **latest** news?

▽ 精闢解析，別再誤用！

表示事物「外表上」程度上最新的，就用 newest 描述，如 the newest library（最新的圖書館）；指「時間上」最新的、最靠近現在的，則以 latest 說明，如 the latest novel（最新發行的小說）。此句中的 news（新聞）新舊程度與時間順序有關，故用 latest 形容。

Answer 第 2 句才是正確的英文說法。

091 sunburned / black

Q 在沙灘上待過之後我變「黑」了。

1. I became **sunburned** after staying in the beach.
2. I became **black** after staying in the beach.

▽ 精闢解析，別再誤用！

對於歐美人士來說，被太陽曬傷不一定表示被曬「黑」（black），因此若要對他人不管是説明「曬傷」或「曬黑」，都應先用 sunburn 表示。若要指在曬太陽後膚色變黑，可説 My skin turned darker after getting sunburnt.

Answer 第 1 句才是正確的英文説法。

092 expensive / high

Q 我的手錶價格真的很「高」。

1. The price of my watch is rather **expensive**.
2. The price of my watch is rather **high**.

▽ 精闢解析，別再誤用！

形容價格（price）時要用 high 和 low，表示價格高低，如 the lowest price 指「最便宜的價格」；expensive 或者 cheap 常直接用來形容物品本身，如 cheap hotel（便宜的旅館）。

Answer 第 2 句才是正確的英文説法。

093 excited / exciting

Q 聽到這個消息讓我很「興奮」。

1. I'm so **excited** to hear the news.
2. I'm so **exciting** to hear the news.

▽ 精闢解析，別再誤用！

excited 表示「興奮的」，指人、物對……感到興奮，是指「主動地」感到興奮；exciting 則表示「令人興奮的、使人激動的」，是指「人或者事物」讓人興奮或激動。同理可應用於同類動詞 surprise（驚訝）、amaze（驚奇）、interest（有興趣）等。

Answer 第 1 句才是正確的英文説法。

094 well-known / famous

Q 這本小說在歷史上「非常有名」。

1. This novel is **well-known** in history.
2. This novel is **the most famous** in history.

▽ 精闢解析，別再誤用！

well-known 為複合形容詞，表示「廣為人知的」，但其為中性用法，多不一定帶有讚揚或是貶低的意味，通常需要藉由其後的敘述，判定 well-known 的褒貶性質。形容詞 famous 則多表示稱讚，且其後常接在某地區有名或在某群體中有名。

Answer 第 1 句才是正確的英文說法。

095 valueless / invaluable

Q 這本小說「沒什麼」可讀的「價值」，你不需要買它。

1. This novel is quite **valueless**. You don't have to buy it.
2. This novel is quite **invaluable**. You don't have to buy it.

▽ 精闢解析，別再誤用！

invaluable 是在 valuable 「有價值的」之前加上否定形容詞字首 in-，表示「非常貴重的、無價的」意思，同義詞為 priceless；後面加上否定形容詞 -less 變成 valueless，指「毫無價值的」，相當於 worthless（不值得的）。

Answer 第 1 句才是正確的英文說法。

096 uncomfortable / not well

Q 我今天「感覺不舒服」，可能是感冒了。

1. I **feel uncomfortable** today; I may catch a cold.
2. I **don't feel well** today; I may catch a cold.

▽ 精闢解析，別再誤用！

如果要表達因為生病導致的身體不適，英語通常會用 not feel well 或者 be sick／ill。uncomfortable 多用來描述一種讓人感覺害怕、尷尬或者身體有些不適的狀態，如 I feel uncomfortable when seeing him after we broke up.（分手後，見到他總令我不舒服。）。

Answer 第 2 句才是正確的英文說法。

097 great pain / painful

Q 昨晚我覺得後背「很痛」。

1. I felt **great pain** on my back last night.
2. I felt **painful** on my back last night.

▽ 精闢解析，別再誤用！

pain 指名詞「痛苦」，多用 great 形容其劇烈程度。painful 意思是「使人感到痛苦」，主詞通常不為人，常為事物，或是人的某個身體部位。如果説 I'm painful. 那意思會被理解為你會給別人帶來痛苦，使別人痛苦。

Answer 第 1 句才是正確的英文説法。

098 hard / hardly

Q 那間便宜旅館的床好「硬」。

1. The mattress in that cheap hotel is so **hard**.
2. The mattress in that cheap hotel is so **hardly**.

▽ 精闢解析，別再誤用！

hard 為形容詞時，描述堅硬的事物，如 hard mattress（硬床墊），或是困難的事情；表副詞時，則可為努力地 hard，如 study hard（努力讀書）。hardly 為副詞，表「幾乎不能」，如 I can hardly study.（我幾乎無法讀書）。hardly 有否定意味，勿與 hard 混淆。

Answer 第 1 句才是正確的英文説法。

Q 昨晚的音樂劇「非常好看」，我想要再看一次。

1. The musical last night was **incredible** that I want to watch again.

2. The musical last night was **incredulous** that I want to watch again.

▽ **精闢解析，別再誤用！**

incredible 和 incredulous 的字根皆為 cred，表「相信」。incredible 用來描述「好得令人不敢相信」的事物，表示棒極了，多有讚揚意味；但是 incredulous 指的是「存疑的」，用來說明事有蹊蹺，無法說服別人，多用來形容一句話或事情可能是假的，帶貶義。

Answer 第 1 句才是正確的英文說法。

好不容易學完一個單元，先別急著開
始新的學習，試試自己熟練了沒？
重點不是學多少，而是記住多少！

選擇題（I）哪一個才是正確的？

001. His behavior made me quite **ill / sick**.
他的行為讓我感到相當噁心。

002. The bodybuilder has very **strong / severe** arms.
這位健美先生的手臂非常壯碩。

003. This book is far **preferable to / more preferable to** the one on the shelf.
這本書比櫃子上的那本好得太多了。

004. He spent no **less / fewer** than half of his money on the new bike.
他至少花了他一半以上的錢在這台新單車上。

005. **A little / A samll** red wine a day is good for one's health.
每天喝一點紅酒對身體是有益的。

006. **Only / Alone** Mary will come to the party because Tom is ill.
只有瑪麗會來參加派對，因為湯姆生病了。

007. Don't leave the door **open / uncovered**; I don't want any flies in the house.
不要把門敞開著，我可不要蒼蠅飛到屋裡來。

008. The job requires strong **verbal / literal** skills.
這份工作需要很強的口語能力。

009. A **subjective / objective** judgment is not going to help you see the truth.

主觀的判斷並不能幫你看清事實。

010. If you are **willing / able** to help, I will make sure you are safe.

只要你願意幫忙，我會確保你的安全。

011. She looks pale due to **abnormal / subnormal** levels of iron.

她看起來很蒼白，是因為鐵質不足的緣故。

012. She couldn't get into the house because her key was **missing / absenting**.

她進不了家門，因為她把鑰匙搞丟了。

013. This demonstration is too **academic / technical** for me.

這個示範操作對我來說太過專業了。

014. The young lady is **adept / adaptable** at five languages.

這位年輕的女士熟悉五種語言。

015. Many models are **addicted to / obsessive with** their weight.

許多模特兒老是過度在意他們的體重。

016. What an **admirable / adorable** baby!

多麼可愛的嬰孩呀！

017. My dad reserved **adjacent / adjoining** rooms at the hotel.

我爸爸在旅館預訂了緊鄰的房間。

018. Germany is one of the **advance / advanced** industrial nations.

德國是工業發展先進的國家之一。

019. She used to be a very **affectionate / passionate** woman.

她曾經是一個非常多情的女子。

020. Who is the greatest **alive / living** writer in the world?

誰是還活在這個世上最偉大的作家？

021. Is it possible to learn an **ancient / archaic** language?

我們有可能學習一個不再使用的語言嗎？

022. She is **eager / anxious** for love.

她渴望得到愛情。

023. The family was very **appreciable / appreciative** of the community's support.

這個家庭對於社區的支持感到非常感激。

024. You should be **arrogant / proud** of yourself.

你應該為你自己感到驕傲。

025. The teacher was **astonished / shocked** when she heard that one of her students was missing.

當這位老師聽到她的一位學生失蹤時，感到非常震驚。

026. The boys from that family are very **athletic / sporty** and outgoing.

那一家的男孩們非常善於運動而且外向。

027. He has become a really **attractive / good-looking** young man.

他變成一個很帥的年輕人。

028. Many socialites devote themselves to **automatic / voluntary** work.

許多社會名流將他們的心力投注在義務的工作上。

029. No matter how **challenging / difficult** it is, you will be able to make it.

不論有多困難，你都會成功的。

030. We were so pleased when we found some **cheap / inexpensive** hotels online.

當我們在網路上發現一些便宜的旅館時，我們好高興。

031. I was amazed with her **childlike / childish** voice.

我對她如孩童般的聲音感到驚奇。

032. Many people believe that listening to **classic / classical** music is good for a baby's brain.

很多人相信給寶寶聽古典音樂對他的腦部是有益的。

033. My parents were very **complimentary / complementary** about my school performance.

我的父母對我在學校的表現大為讚賞。

034. The medical records are **confident / confidential**.

病人的醫療報告是機密的。

035. I am **conscious / aware** of the fact that he already left me.

我知道他已經離開我了的事實。

036. Energy is going to be more and more expensive in **subsequent / cosnsequent** years.

在接下來的幾年能源將會越來越貴。

037. The **imaginative / creative** story was beautifully written.

這個充滿想像力的故事寫得非常美。

038. The soldier lost one leg in a **cruel / brutal** battle.

這個士兵在一場無情的戰役中失去了一條腿。

039. The cream will keep your face **damp / moist** and soft all day long.

這個乳霜能讓你的臉一整天保濕柔嫩。

040. It's a **dangerous / risky** decision, but we have no choice.

這是一個風險很高的決定，但我們別無選擇。

041. The **deadly / deathly** silent made me shiver.

這片死寂令我顫抖。

042. You have to be more **decided / decisive** even when you are under pressure.

即使是在壓力之下，你還是必須要更果斷一點。

043. I am trying not to be too **defensive / protective** towards my children.

我正努力嘗試避免過度保護我的孩子。

044. He is anxious about the **definitive / definite** ruling issued by the court.

他對法院的最終判決感到很憂心。

045. That was a very **tasty / delicious** meal. I really enjoyed it.

那真是非常美味的一餐。我非常喜歡。

046. What a **delighted / delightful** cottage.

多麼可愛的小木屋呀。

047. He is completely **disinterested / uninterested** in our plan.

他對我們的計畫一點興趣也沒有。

048. The drawer is full of **unorganized / disorganized** medicine.

抽屜裡滿是散亂的藥品。

049. This organization tries to help people understand emotionally **distracted / disturbed** children.

這個組織幫助人們了解情緒失常的兒童。

050. Come and stay with us sometime; we have **disused / unused** space at home.

過來跟我們小住一段時間，我們家裡有空的房間。

051. He says he is innocent, but I am **dubious / doubtful** about it.

他說他是無辜的，但我很懷疑。

052. Potatoes have that special **earthly / earthy** taste.

馬鈴薯有一種特殊的來自泥土的味道。

053. Poland is in **Eastern / East** Europe.

波蘭位於東歐。

054. Buying bottled water is not very **economic / economical**.

買瓶裝水是不經濟實惠的。

055. The young man is going to school for **electrical / electric** engineering.

這個年輕人要去學習電機工程。

056. The **elegant / graceful** dancer has many admirers.

這個優雅的舞者有許多仰慕者。

057. Keep your **energetic / lively** mind; it's a precious thing.

保持你靈敏的頭腦，因為這是非常珍貴的。

058. A **envious / jealous** husband killed his wife last night.

一個充滿忌妒的丈夫昨晚殺了他的妻子。

059. The movie is suitable for the entire family; there is nothing **exceptionable / expectional** in it.

這部電影適合闔家觀賞，因為它沒有什麼令人反感的內容。

060. The room was a **fearful / fearsome** sight after the pillow fight.

在枕頭大戰之後房間看起來好恐怖。

061. He has a rather **female / feminine** figure.

他的體態很女性化。

062. My father is very kind, but he is **fierce / strict** with us.

我的父親是很仁慈的，但是他對我們也很嚴格。

063. The plane had to make a **forceful / forced** landing in another country.

這架飛機不得已只好迫降在另一個國家。

064. We will remember her and her **forgivable / forgiving** nature.

我們會記得她和她寬容仁慈的本性。

065. You need to get **formal / official** permission before next Tuesday.

你必須在下週二前得到官方正式許可。

066. To be **forthright / blunt**, I can't stand her at all.

不客氣的説吧，我實在無法忍受她。

067. It was a **fruity / fruitful** meeting. We made three important decisions.

這是個成效很好的會議。我們做了三項重大的決定。

068. Why are you laughing? There is nothing **funny / fun** about it.

你為什麼要笑？這沒什麼好笑的呀。

069. Labradors are very **gentle / gentlemanly** with kids.

拉布拉多犬對小孩是非常溫和的。

070. All the **global / international** flights are in terminal 2.

所有的國際航班都在第二航廈。

071. I hope you get **well / good** soon.

我希望你很快能好起來。

072. After many years, he is still so **hardhead / stubborn**.

經過這麼多年，他仍然是如此的固執。

073. The scholar has spent years on writing a **historic / historical** novel.

這位學者已經花了數年在寫一本歷史小說。

074. There are many **imaginative / imaginary** students in this art school.

這所藝術學校裡有很多想像力豐富的孩子。

075. After all, they are all **immoral / amoral** politicians.

畢竟他們都是一些不顧道義的政客。

076. The whole family likes to discuss **intelligent / intellectual** topics at table.

這家人喜歡在用餐時討論深奧的議題。

077. I hope the **intense / intensive** course will help you improve your writing skills.

我希望這個加強訓練的課程能幫助你的寫作技巧有所進步。

078. I don't know what she is **mad / angry** about.

我不知道她在生什麼氣。

079. **Many / Much** effort was needed in order to solve the problem.

為了解決問題，我們需要更多的努力。

080. Be **minded / mindful** of the reality and stay positive.

留意現實的狀況並且保持積極的態度。

081. She received a doll with **movable / mobile** legs and arms for her birthday.

她生日的時候得到一個手腳會動的洋娃娃。

082. She has been expecting **mysterious / mystical** experiences with God.

她一直以來都期待着與上帝的神祕體驗。

083. He is not exactly **noticeable / noted** for his good temper.

他並非以好脾氣著稱的呀。（他脾氣不好。）

084. The school doesn't allow his **premature / immature** behavior.

學校不允許他如此不成熟的行為。

085. The government should feel **shameful / ashamed** of not being able to do anything about the situation.

政府應該為他們無法做任何事來改變現況而感到可恥。

086. Many children go to school on **a vacant / an empty** stomach.

有許多孩子是空著肚子去上學的。

087. She is over 60 now, but I envy her **youthful / young** complexion.

她已經超過六十歲了，但我很羨慕她年輕姣好的面貌。

088. We had a **heavy / big** meal on Thanksgiving day.

我們在感恩節吃了頓大餐。

089. Give me a call when you are not **busy / heavy**.

不忙時，打個電話給我。

090. The **newest / latest** bar soon became the best place for us to hang out after work.

那間最新的酒吧，很快地成為我們下班後聚會的最佳場所。

091. Where is my **sunburned / black** coat?

我黑色的外套在哪裡？

092. This cell phone is quite **expensive / high**.

這款手機特別貴。

093. This is an **excited / exciting** news.

這是個令人興奮的消息。

094. Lu Xun is a **well-known / famous** writer in China.

魯迅是中國一位著名作家。

095. The necklace is so **valueless / invaluable** because it's given by my grandmother.

這串項鍊非常珍貴，因為是我的祖母送給我的。

096. I always feel **uncomfortable / not well** when I'm in the elevator.

我坐電梯的時候總是感覺很不舒服。

097. I feel **great pain / painful** in my right foot.

我的右腳很痛。

098. She could **hard / hardly** read in the dim light.

他無法在昏暗的燈光下閱讀。

099. His **incredulous / incredible** smile suggested that he was not buying your excuse.

他懷疑的笑了，說明了他不相信你的藉口。

選擇題（II）選出正確的句子。

001. 我的祖母是個體形嬌小卻果敢的女性。

☐ My grandmother is a **small** but resolute woman.
☐ My grandmother is a **little** but resolute woman.

002. 信奉回教的女性不能在公共場合露出她們的臉。

☐ Muslim women cannot have their faces **uncovered** in public.
☐ Muslim women cannot have their faces **open** in public.

003. 在過去，同性戀被認為是不正常的。

☐ Homosexuality was considered **subnormal** in the past.
☐ Homosexuality was considered **abnormal** in the past.

004. 你可以告訴我昨天為何在會議上缺席嗎？

☐ Can you tell me why you were **missing** from the meeting yesterday?
☐ Can you tell me why you were **absent** from the meeting yesterday?

005. 我真的很討厭那個人。連聽到他的名字都讓我作嘔。

☐ I really hate that person. Even hearing his name makes me **sick**.
☐ I really hate that person. Even hearing his name makes me **ill**.

006. 你真是可恥，竟然嘲笑一個殘障的人。

☐ It is **ashamed** of you to laugh at a handicapped person.
☐ It is **shameful** of you to laugh at a handicapped person.

007. 你那樣說真是太不成熟了。

☐ It is very **immature** of you to say that.
☐ It is very **premature** of you to say that.

008. 這嬰孩有他父親的高鼻子。

☐ The baby has his father's **tall** nose.

☐ The baby has his father's **high** nose.

選擇題（I）解答&重點解析

001. Answer ill

　　學習重點 除生病外，也表令人感到不適。

002. Answer strong

　　學習重點 描述體格強壯，或情感強烈。

003. Answer preferable to

　　學習重點 preferable 本身有「比較」意味，故前面不再加 more 修飾。

004. Answer less

　　學習重點 表示數量少，修飾「不可數」名詞。

005. Answer A little

　　學習重點 後面無修飾「數量、體積、容積」相關量詞。

006. Answer Only

　　學習重點 用 only 表名詞數量只有一個時，需放在名詞「前方」修飾。

007. Answer open

　　學習重點 以 open 形容「打開」的狀態。

008. Answer verbal

　　學習重點 形容口語、口説。

009. Answer subjective

　　學習重點 有好惡的、主觀的。

010. Answer willing
學習重點 強調個人「意願」。

011. Answer subnormal
學習重點 反常，但只指「低於」平均值。

012. Answer missing
學習重點 掉了的，或是失蹤的。

013. Answer technical
學習重點 牽涉到「技術」或「操作」層面時。

014. Answer adept
學習重點 **be adept at** 指內行、擅長某事。

015. Answer obsessive with
學習重點 **be obsessive with** 指人無法控制自己，不斷想到某事。

016. Answer adorable
學習重點 形容人、事物可愛或迷人。

017. Answer adjoining
學習重點 指鄰近且緊挨者彼此。

018. Answer advanced
學習重點 指「先進的、超前的」。

019. Answer passionate
學習重點 除熱情外，也可指情感強烈。

020. Answer living
學習重點 **living** 描述名詞，後面放常接名詞。

021. Answer archaic
學習重點 **archaic** 除表古老外，常隱含「不再使用的」之意。

022. Answer eager

　　學習重點 描述充滿期待與渴望的情緒。

023. Answer appreciative

　　學習重點 描述「感激的」→ 用 appreciative。

024. Answer proud

　　學習重點 指人有自尊心，或是為人、事物感到驕傲。

025. Answer shocked

　　學習重點 常指對悲劇、意外感到震驚，多含負面情緒。

026. Answer sporty

　　學習重點 表擅長或是喜歡運動。

027. Answer good-looking

　　學習重點 形容「人」好看、漂亮。

028. Answer voluntary

　　學習重點 voluntary 描述「自發性」的行為，牽涉到個人意志。

029. Answer difficult

　　學習重點 描述一件事有困難度，且多讓人放棄或裹足不前。

030. Answer inexpensive

　　學習重點 inexpensive 多只指「價格」低廉，無關品質。

031. Answer childlike

　　學習重點 擁有小孩般「討人喜歡」的特質。

032. Answer classical

　　學習重點 classical 多指「古典的」、且與「與希臘、拉丁文化相關的」。

033. Answer complimentary

　　學習重點 表示讚賞，兩者拼法相似，需注意。

034. Answer confidential

學習重點 confidential 描述機密的，與 confident 意思大不相同。

035. Answer aware

學習重點 指對於身邊環境的「察覺」→ aware。

036. Answer subsequent

學習重點 表事件「先後順序」。

037. Answer imaginative

學習重點 描述有想像力，但不確定能否實際執行。

038. Answer brutal

學習重點 強調打架、戰爭的殘暴 ， brutal 的暴力程度較高。

039. Answer moist

學習重點 moist 中性地指「濕潤」的狀態。

040. Answer risky

學習重點 描述事件有「風險」、危險性可大可小時。

041. Answer deathly

學習重點 deathly 表「如死亡般的」，與人、事物的「死亡」關係小。

042. Answer decisive

學習重點 decisive 指關鍵的，可能會對結果造成決定性影響。

043. Answer protective

學習重點 表「防衛的」，只消極對抗，積極對內保護 → protective。

044. Answer definitive

學習重點 definitive 表示「最終的、不再更改的」。

045. Answer tasty

學習重點 tasty 指食物好吃，強調食物的口味與質地。

046. Answer delightful
學習重點 描述「令人感覺」高興。

047. Answer uninterested
學習重點 強調「沒有興趣、沒關係」。

048. Answer unorganized
學習重點 表事物「未經安排」、毫無章法且混亂。

049. Answer disturbed
學習重點 指「精神紊亂」，強調心理狀態不佳。

050. Answer unused
學習重點 unused 特指事物「沒被使用過」後遭閒置。

051. Answer doubtful
學習重點 對某事感到懷疑，不認為是真的。

052. Answer earthy
學習重點 earthy 形容與「泥土、土」有關的事物。

053. Answer Eastern
學習重點 表示「大範圍的」東部區域。

054. Answer economical
學習重點 表示「精打細算的、節省的」。

055. Answer electrical
學習重點 描述與「電」、「電子」相關的 → 用 electrical。

056. Answer graceful
學習重點 graceful 多只描述人優雅的動作或姿態。

057. Answer lively
學習重點 充滿活力與熱情，多包含正面情緒 → lively。

058. Answer jealous

學習重點 **jealous** 特指欽羨之外，另有「憤怒」的情緒。

059. Answer exceptionable

學習重點 令人反感的

060. Answer fearsome

學習重點 **fearsome** 表「令人害怕的」，但帶幽默意味、不構成傷害。

061. Answer feminine

學習重點 **female** 單指女性性別；**feminine** 指人或其具女性化的特徵。

062. Answer strict

學習重點 對規則的要求嚴厲、明確。

063. Answer forced

學習重點 不得已的、被迫的 → **forced**。

064. Answer forgiving

學習重點 描述某人寬容、仁慈。

065. Answer official

學習重點 **official** 除表「正式的」之外，也指「官方的」。

066. Answer blunt

學習重點 直率但不客氣，且粗魯的發言。

067. Answer fruitful

學習重點 指成果頗豐的、豐收的。

068. Answer funny

學習重點 好笑且「滑稽」的。

069. Answer gentle

學習重點 表「溫和的、和緩的」。

070. Answer international

學習重點 指超過兩個國家以上、表「跨國的、國際的」→ international。

071. Answer well

學習重點 表示「健康狀況」良好時 → 用 well。

072. Answer stubborn

學習重點 描述固執的個性，stubborn，多有負面含意。

073. Answer historical

學習重點 historical 表「史學的」，帶學術意味。

074. Answer imaginative

學習重點 imaginative 描述人「想像力豐富」的特質。

075. Answer amoral

學習重點 明知某事「違反道德」，卻為利益而為之。

076. Answer intellectual

學習重點 強調因後天學習而有智力。

077. Answer intensive

學習重點 在短時間內「密集處理」。

078. Answer angry

學習重點 「情緒上的」生氣、不滿。

079. Answer Much

學習重點 much 後接「不可數名詞」effort。

080. Answer mindful

學習重點 表示有事情需要留意 → mindful，特指重要事情。

081. Answer movable

學習重點 用 movable 描述可以移動、但移動不一定方便的事物。

082. Answer mystical

學習重點 **mystical** 描述與「宗教」儀式、經驗相關的神祕。

083. Answer noted

學習重點 表知名的、以⋯⋯出名的。

084. Answer immature

學習重點 描述發育不全、尚未成熟的狀態。

085. Answer ashamed

學習重點 描述「感覺到」羞恥。

086. Answer empty

學習重點 **empty** 指本身是「空的」的狀態。

087. Answer youthful

學習重點 特指「外貌、態度」年輕。

088. Answer big

學習重點 描述事物實際大小、數量多寡 → **big**。

089. Answer busy

學習重點 描述事物「繁忙」的狀態。

090. Answer newest

學習重點 「外表」、「程度」上是最新的。

091. Answer black

學習重點 表示「先天的」、「本質上」為黑色。

092. Answer expensive

學習重點 用 **high** 形容 **price** 高，用 **expensive** 形容事物本身昂貴。

093. Answer exciting

學習重點 表示「令人感到」興奮 → **exciting**。

094. Answer famous

　　學習重點 用 famous 形容出名，多有讚揚之意。

___

095. Answer invaluable

　　學習重點 無價的、非常貴重的。

___

096. Answer uncomfortable

　　學習重點 uncomfortable 除指身體不適外，多描述感到尷尬，或者害怕。

___

097. Answer great pain

　　學習重點 用「feel great pain in 身體部位」表示哪裡痛。

___

098. Answer hardly

　　學習重點 表「幾乎無法」，為副詞。

___

099. Answer incredulous

　　學習重點 表「不相信、懷疑的」→ incredulous。

選擇題篇（II）解答＆重點解析

001. Answer 第1句

解析 small 指尺寸或外型小的。little 指年紀或份量小的。

002. Answer 第1句

解析 open 表示「開啟的」。uncovered 指的是「沒有遮住的」。

003. Answer 第2句

解析 abnormal 指「不正常的」或「反常的」。subnormal 則為「低於正常值以下的」，如智能不足（subnormal intelligence）。

004. Answer 第2句

解析 absent 表示「缺席的，沒有出現的」，missing 指的是「不見了的」或「失蹤的」。

005. Answer 第1句

解析 sick 除表示「生病的」之外，尚有「感到噁心的」之意。ill 則單純表示「生病的」。

006. Answer 第2句

解析 shameful 形容「可恥的」人或行為。ashamed 則是表示人「感到羞恥的」。

007. Answer 第1句

解析 premature 指比正常時間提前的，或是過早的，如 a premature baby 早產兒。immature 指發育未全的、未成熟的（水果）或不成熟的（行為）。

008. Answer 第1句

解析 tall 形容身材高大的，如 a tall guy（一個高個兒）。形容一個人的鼻子很高，也是用 tall 這個字。high 指距離地面「高的」、「高的」地位或評價等。

CHAPTER

06／副詞

001 bad / badly

Q 那男子傷得「非常」重。

1. The man was **bad** hurt.

2. The man was **badly** hurt.

▽ 精闢解析，別再誤用！

bad 一般作形容詞用，但在口語中也可作副詞用，意為「壞地，糟糕地」或「非常地，極度地」，與其副詞形態 badly 同義，如 I dance badly. ＝ I dance bad.（我舞跳得很差。）。但是 badly 只能作副詞用，不能作形容詞用，因此兩者的用法是不能互通的。

Answer 第 2 句才是正確的英文說法。

002 high / highly

Q 老鷹在天空中飛得「很高」。

1. The eagle flies **high** in the sky.

2. The eagle flies **highly** in the sky.

▽ 精闢解析，別再誤用！

形容詞 high 作副詞解時，表示距離地面「很高地，在高處地」之意，而其副詞形 highly 則為「非常地、高度地」或是表示（地位、評價等）「很高地」之意。兩者代表的含義不同，使用時應小心。

Answer 第 1 句才是正確的英文說法。

003 aloud / loudly

Q 你要「出聲」講話，這樣我才聽得見。

1. Speak **aloud** so that I can hear you.

2. Speak **loudly** so that I can hear you.

▽ 精闢解析，別再誤用！

loudly 為 loud「大聲的、響亮的」之副詞形態，意為「大聲地、吵鬧地」，如 cry loudly（大聲哭泣）、speak loudly（大聲說話）等。而長得很像的副詞 aloud 則除了表「大聲地」之外，另有「發出聲地」之意，如 read aloud（讀出聲音來）。

Answer 第 1 句才是正確的英文說法。

004 fast / quick

Q 我會試著盡「快」看完這本書。

1. I'll try to finish reading this book as **fast** as possible.
2. I'll try to finish reading this book as **quick** as possible.

▽ 精闢解析，別再誤用！

quick 及 fast 都是形容詞，並且都是表示「快的」的意思，但是 fast 除了是形容詞外，同時也是副詞，表示「快地」。在這個句子中，「盡快地」是要修飾前面的動詞 finish，因此必須用副詞 fast，而不能用形容詞 quick。更常見的說法是 as soon as possible。

Answer 第 1 句才是正確的英文說法。

005 continually / constantly

Q 我的主管「經常」找我麻煩。

1. My boss has been **constantly** picking on me.
2. My boss has been **continually** picking on me.

▽ 精闢解析，別再誤用！

continually 和 constantly 乍看之下都是表示「不斷地」的意思，但是其實含義並不太相同。continually 常用來表示一個動作或是一個狀態「持續不停地」存在；constantly 則是一個動作「經常性地」不斷發生，意思是中間可能會有暫停，並沒有持續不間斷。

Answer 第 1 句才是正確的英文說法。

006 afterward / later

Q 我們一起吃了晚餐，「之後」去逛街。

1. We had dinner together and went shopping **later**.
2. We had dinner together and went shopping **afterwards**.

▽ 精闢解析，別再誤用！

afterwards 和 later 都有「之後、後來」的意思，乍看之下似乎是同義字，但用法大為不同。afterwards 用來表示發生在某事「之後」的事情或動作，如 What did he do afterwards?（在那之後他做了什麼？）；later 則是表示時間上的「晚一點」或「以後」，如 Let's talk about it later.（我們待會兒再來談這件事。）。

Answer 第 2 句才是正確的英文說法。

常見文法問題＆文法易犯錯誤

243

007 specially / especially

Q 這些狗兒是經過「特殊」訓練來幫助盲人的。

1. These dogs were **specially** trained to help blind people.
2. These dogs were **especially** trained to help blind people.

▽ 精闢解析，別再誤用！

specially 和 especially 都可做「尤其、特別地」解，後面接形容詞時，兩個字幾乎為同義字，如 It is specially／especially dangerous to travel in these areas.（在這些地區旅遊尤其危險。）。但若後面接名詞、介系詞片語或副詞子句，則只能用 especially；若是表示「專門地，特殊地」，則只能用 specially。

Answer 第 1 句才是正確的英文說法。

008 really / absolutely

Q 我現在「真的」不想談論這件事情。

1. I **really** don't want to talk about this right now.
2. I **absolutely** don't want to talk about this right now.

▽ 精闢解析，別再誤用！

really 和 absolutely 看起來似乎是很類似的兩個副詞，都有表示「十分地、完全地」之意，如 She's really a nice person. 與 She's absolutely a nice person. 解讀起來都是「她是好人」之意。但 really 傾向於表示「真的……，實在……」，而 absolutely 則有「絕對地」之含義，兩者雖然意思相近，卻仍有差別。

Answer 第 1 句才是正確的英文說法。

009 totally / in total

Q 我們班「總共」三十個學生。

1. There are **totally** thirty students in my class.
2. There are thirty students **in total** in my class.

▽ 精闢解析，別再誤用！

totally 是副詞「完全地」意思，加強形容詞或動詞的力道；in total 則有表示數量、數字上「總共、一共」的。

Answer 第 2 句才是正確的英文說法。

010 quite / rather

Q 你的學習態度「真是」太糟糕了。

1. Your learning attitude is **rather** disappointing.
2. Your learning attitude is **quite** disappointing.

▽ 精闢解析，別再誤用！

quite 及 rather 作「相當；頗」解時，兩個副詞用法幾乎相同，可說是同義字，但僅限於正面形容詞的修飾，如 It's quite hot today. = It's rather hot today.（今天天氣相當熱。）；quite另有「完全、徹底」之意，多使用於負面句子中，如 "It's not quite a good idea to ask for a raise nowadays."，這就與 rather 不同了。因此使用上需視語意選擇適當的副詞來使用。

Answer 第 1 句才是正確的英文說法。

011 before long / long before

Q 我們「很久以前」就已經很熟悉了。

1. We've had an acquaintance with each other **before long**.
2. We've had an acquaintance with each other **long before**.

▽ 精闢解析，別再誤用！

before long 是指「不久之後」的意思，常用於現在簡單式和過去簡單式；long before 是「很久，很早以前」的意思，表示比過去某個時間點早很多的時間，常用於過去完成式。

Answer 第 2 句才是正確的英文說法。

012 respectively / respecrfully

Q 每個人都應該「尊敬」長者。

1. Everyone should treat the aged people **respectively**.
2. Everyone should treat the aged people **respectfully**.

▽ 精闢解析，別再誤用！

respectfully是「尊敬地」的意思，取名詞 respect「尊重」之意；respectively 表示「各自地」，取名詞「面向」之意。

Answer 第 2 句才是正確的英文說法。

常見文法問題＆文法易犯錯誤

013 too / either

Q A：我不喜歡逛街。B：我「也是」。

1. A: I don't like shopping around.　　B: Me, **too**.
2. A: I don't like shopping around.　　B: Me, **either**.

▽ 精闢解析，別再誤用！

either 和 too 皆表示附議某觀點的陳述，但兩者運用的時機有所不同。either 一般用來表達同意某一「否定觀點」的陳述；而 too 用來表達同意「肯定觀點」的陳述。

Answer 第 2 句才是正確的英文說法。

014 before / ago

Q 我兩年「前」去過馬爾地夫。

1. I went to Maldives two years **ago**.
2. I went to Maldives two years **before**.

▽ 精闢解析，別再誤用！

ago 立足於現在，表示從現在起，若干時間以前；而 before 立足於過去，表示從過去的某一個時刻起，若干時間以前。ago 通常與一般現在式和現在完成式時態連用；而 before 則通常與過去完成式時態連用。

Answer 第 1 句才是正確的英文說法。

015 according to sb. / in one's opinion

Q 「依我看」，Mary 是不會和 Tom 分手的。

1. **According to my opinion**, Mary won't break up with Tom.
2. **In my opinion**, Mary won't break up with Tom.

▽ 精闢解析，別再誤用！

如果表達消息來自於某人或書本，要用 according to；如果消息或觀點來源於自己，則要用 in my opinion。而且 according to 不能與 opinion 和 view 這類的詞連用，比如 according to one's opinion 這種說法就是錯誤的。

Answer 第 2 句才是正確的英文說法。

016 either / neither

Q A：我不同意他的想法。B：我「也是」。

1. A: I don't agree to his idea.　B: Me, **either**.
2. A: I don't agree to his idea.　B: Me, **neither**.

▽ 精闢解析，別再誤用！

either 和 neither 皆用來回應否定句，但兩者常見用法稍有不同。這裡 either 放在否定句簡答句末，當副詞用，只能搭配表示「也……不」。neither（也不）多當形容詞或代名詞使用，通常放在句首或名詞前面以修飾，沒有放在句末當副詞的用法。 例句應改為：Neither do I. 才是適當的說法。

Answer 第 1 句才是正確的英文說法。

017 other than / apart than

Q 「除了」價格太貴之外，這條裙子對我來說太大了。

1. **Other than** being expensive, the dress is too large for me.
2. **Apart from** being expensive, the dress is too large for me.

▽ 精闢解析，別再誤用！

apart from 表達「除了……還有……」，有「包括」的含義，等同於 besides、in addition to；而 other than 是指「不計、除……之外」即指「不包括」的含義。原句很明顯表達的意思是這條裙子的缺點不僅是不合身，而且也「包括」價格較貴，所以連接片語要用 apart from 而不是 other than。

Answer 第 2 句才是正確的英文說法。

018 abroad / aboard

Q 我們將「在船上」度過一週的時間。

1. We'll spend a week **abroad the ship**.
2. We'll spend a week **aboard the ship**.

▽ 精闢解析，別再誤用！

aboard 是指「在船上或車上等其他交通工具等」，board 名詞指船的甲板，副詞則依名詞做延伸；abroad 指「去國外或者在國外」的意思，broad 的形容詞表示「廣闊的」，副詞也是依此意延伸。

Answer 第 2 句才是正確的英文說法。

019 enough

Q 天氣「夠好」，可以去釣魚。

1. The weather is **fine enough** to go fishing.
2. The weather is **enough fine** to go fishing.

▽ 精闢解析，別再誤用！

enough 在修飾形容詞時，一定要放在形容詞之後；修飾名詞時，才是放在名詞前面。

Answer 第 1 句才是正確的英文說法。

020 seldom / always / often / usually

Q Helen「很少」探望家人。

1. Helen visits her family **seldom**.
2. Helen **seldom** visits her family.

▽ 精闢解析，別再誤用！

雖然副詞經常放在句末、或置於動詞之後，但此處的 seldom（很少）為頻率副詞，固定擺在動詞之前。常見的頻率副詞為 always（總是）、often（經常）、usually（通常），用法也同上述例子。

Answer 第 2 句才是正確的英文說法。

好不容易學完一個單元，先別急著開始新的學習，試試自己熟練了沒？
重點不是學多少，而是記住多少！

選擇題（I）哪一個才是正確的？

001. Skipping meals is **bad / badly** for your health.
不吃飯有害健康。

002. Jeff's boss speaks **high / highly** of his working attitude.
傑夫的主管對他的工作態度評價很高。

003. They yelled at each other so **aloud / loudly** that I could hear them from the next door.
他們互相吼得好大聲，讓我在隔壁就能聽到他們的聲音。

004. The newcomer is **fast / quick** at learning new stuff.
新來的人新東西學得很快。

005. It **continually / constantly** rained cats and dogs in those days.
那段時間不停地下着傾盆大雨。

006. It's not a good time to talk. I'll call you **afterwards / later**.
現在不是說話的好時機。我晚點再打給你。

007. Don't go out by yourself, **specially / especially** after the midnight.
不要自己一個人單獨出去，尤其是午夜以後。

008. You're **really / absolutely** out of your mind.

你完全神智不清了！

009. My new working environment is **rather / quite** comfortable.

我的新工作環境相當舒適。

010. The weather will be fine **before long / long before**.

天很快就會放晴了。

011. We came home **respectively / respectfully** at last.

最後我們各自都回家了。

012. I **totally / in total** agree with you.

我完全贊同你。

013. A: I'd like to buy something in the supermarket. B: Me, **too / either**.

A：我想去超市買點東西。B：我也是。

014. We have been New York **before / ago** you came back.

在你回來之前我們已經在紐約了。

015. **According to Peter / In Peter' oponion**, we'll have an examination next week.

據彼得說，我們下週會有一個考試。

016. A: I don't think the plane will land on time. B: **Either / Neither** do I.

A：我認為飛機不會准點降落的。 B：我也這麼認為。

017. **Other than / Apart from** me, there is no one in the classroom yesterday evening.

昨天晚上教室裡除了我沒有別人了。

018. I have been educated **abroad / aboard** for two years.

我曾經在國外上過兩年學。

019. London is so expensive. I don't have **enough money / money enough** to stay there for a month.

倫敦物價好高，我的錢不夠在那裡待一個月。

020. I **always, often, usually have / have always, often, usually** breakfast in the bistro at the corner.

我總是／經常／通常在轉角的小餐館吃早餐。

選擇題（II）選出正確的句子。

001. 男孩從單槓上跌了下來，並且傷得很重。

☐ The boy fell off the monkey bar and was **bad** injured.
☐ The boy fell off the monkey bar and was **badly** injured.

002. 大聲說出來。不要在我們面前咬耳朵。

☐ Talk **aloud**. Don't whisper before us.
☐ Talk **loudly**. Don't whisper before us.

003. 我們沒有足夠時間慢慢吃頓飯。咱們吃快點吧！

☐ We don't have enough time for a slow meal. Let's eat **fast**.
☐ We don't have enough time for a slow meal. Let's eat **fastly**.

004. 我們的客服人員不斷地接到關於這項產品的客訴。

☐ Our customer service staff has **constantly** received complaints about the product.
☐ Our customer service staff has **continually** received complaints about the product.

005. 瑪莉和史蒂芬分手之後就展開了另一段戀情。

☐ Mary broke up with Steven and started another relationship **later**.
☐ Mary broke up with Steven and started another relationship **afterwards**.

006. 這張椅子是專門設計給殘障人士用的。

☐ This chair is **especially** designed for the handicapped.
☐ This chair is **specially** designed for the handicapped.

007. 我不認為他會辭去那份支以高薪的工作。

☐ I don't think he would ever resign from the job that he is **highly** paid.
☐ I don't think he would ever resign from the job that he is **high** paid.

008. 我在那個國家遇到的人都相當不友善。

☐ People I met in that country were **rather** unfriendly.
☐ People I met in that country were **quite** unfriendly.

選擇題（I）解答＆重點解析

001. Answer bad
學習重點 bad 表形容詞時，指 → 壞的、差勁的。

002. Answer highly
學習重點 highly 為表地位、評價很高的副詞。

003. Answer loudly
學習重點 表示大聲的、吵鬧的。

004. Answer quick
學習重點 quick 為形容詞，也可描述人的個性、特質。

005. Answer continually
學習重點 表示一個動作或是一個狀態「持續不停地」存在 → continually。

006. **Answer** later
學習重點 強調「時間上的」晚一點。

007. **Answer** especially
學習重點 especially 用來加重語氣，表「尤其」。與「特殊」不同。

008. **Answer** absolutely
學習重點 用 absolutely 指「完全地」，強調個人「想法」或「意願」。

009. **Answer** rather / quite（複選）
學習重點 quite 多修飾「負面」形容詞，但 rather / quite 兩者都可用於正面修飾。

010. **Answer** before long
學習重點 before（之前）修飾 long（時間很長），表「不久之後」。

011. **Answer** respectively
學習重點 表示「各自地、分別地」→ respectively。

012. **Answer** totally
學習重點 表「完全地」，多用來加強其後形容詞或動詞的力道程度

013. **Answer** too
學習重點 表達同意，「肯定」觀點的陳述。

014. **Answer** before
學習重點 表「在過去某個時刻之前」時，常與過去完成式連用。

015. **Answer** According to Peter
學習重點 according to sb. 指「消息來自某人」。

016. **Answer** Neither
學習重點 Neither 放「句首」，當否定句簡答的副詞修飾。

017. Answer Other than

學習重點 Other than 表「不包括某物、除……之外」。

018. Answer abroad

學習重點 表示「海外、國外。

019. Answer enough money

學習重點 enough 作形容詞表示「足夠的」，才會置於名詞之前。

020. Answer always, often, usually have

學習重點 頻率副詞放在動詞「前面」。

選擇題（II）解答＆重點解析

001. Answer 第2句

解析 bad 作副詞解時，通常放在形容詞或句子後面修飾之；badly 放在形容詞前後皆可。

002. Answer 第1句

解析 aloud 表示「發出聲音地」；loudly 則表示「大聲地，吵鬧地」。

003. Answer 第1句

解析 fast 為形容詞與副詞同形。

004. Answer 第1句

解析 constantly 表「不斷地」做同一動作或發生同一件事；continually 則為「不停地」持續同一動作。

005. Answer 第2句

解析 later 表時間上的「稍晚、之後」；afterwards 則用於一件事發生在另一件事「之後」。

006. Answer 第2句

解析 specially 與 especially 皆可表「尤其、特別是……」，但 specially 則另有表「專門地」之意。

---

007. Answer 第1句

解析 形容詞 high 亦可作副詞解，表距離地面「高地」；highly 則常用來表示（地位、評價等）「極高地」。

---

008. Answer 第2句

解析 rather 與 quite 皆可作「相當地；頗」解，但 rather 多用於修飾正面的形容詞，quite 則無此限制。

CHAPTER 7

07／連接詞

001 but / and (1)

Q 這故事「又」長「又」乏味。

1. This story is long **but** dull.
2. This story is long **and** dull.

▽ 精闢解析，別再誤用！

這個句子是以對等連接詞連接前後兩個形容詞，but 前後語意相反，而 and 的前後語意相似，long （冗長）及 dull （乏味）應為相似的單字（皆為負面形容詞），故這裡的連接詞應該用 and 而非 but。

Answer 第 2 句才是正確的英文說法。

002 but and (2)

Q 我不贊同你的說法，「但」我誓死保護你發言的權利。

1. I don't agree with you **but** I defend your right to say it.
2. I don't agree with you **and** I defend your right to say it.

▽ 精闢解析，別再誤用！

這個句子是以對等連接詞連接前後兩個地位相同的句子；and 連接前後語意相同或相似的句子，而 but 則連接前後語意相反的句子。依本句來看，應使用對等連接詞 but 而非 and。

Answer 第 1 句才是正確的英文說法。

003 because / so

Q 他「因為」擅離職守，「所以」被革職了。

1. **Because** he deserted his post, **so** he got fired.
2. **Because** he deserted his post, he got fired.

▽ 精闢解析，別再誤用！

連接詞 because 引導表示原因的子句，而 so 則引導表示結果的子句。雖然在中文裡，我們常會說「因為……，所以……」的句子，但在英文中，要不就選擇使用原因子句，要不就選擇使用結果子句，because 與 so 不同時出現在同一個句子裡。

Answer 第 2 句才是正確的英文說法。

004 although / but

Q 「雖然」他已經有很多錢了，「但」他仍想要更多。

1. He already has a lot of money, **but** he still wants more.

2. **Although** he already has a lot of money, **but** he still wants more.

▽ 精闢解析，別再誤用！

連接詞 although 引導表示「雖然⋯⋯」之子句，而 but 引導表示「但是⋯⋯」之子句。同樣的，雖然在中文裡常出現「雖然⋯⋯，但是⋯⋯」的用法，但英文中，一個句子不會同時出現兩個子句，必須擇一使用。

Answer 第 1 句才是正確的英文說法。

005 and / then

Q 她再 1995 年結婚，「並」在隔年生下了第一個孩子。

1. She got married in 1995, **and** gave birth to her first child in the next year.

2. She got married in 1995, **then** gave birth to her first child in the next year.

▽ 精闢解析，別再誤用！

很多人在想表示「然後⋯⋯」時，會直接使用 then 這個字，但是 then 並不是一個連接詞，而是一個副詞，不能直接用來引導一個子句。連接詞 and 除了表示「和⋯⋯，與⋯⋯」之外，也有「然後⋯⋯；而且⋯⋯」的意思，因此本句連接詞應使用 and 或是 and then...。

Answer 第 1 句才是正確的英文說法。

006 both... and... / neither... nor...

Q 你「和」她「都」不知道婚姻的真相。

1. **Both** you **and** she don't know the truth of marriage.

2. **Neither** you **nor** she knows the truth of marriage.

▽ 精闢解析，別再誤用！

片語連接詞 both... and... 表示「A 與 B 兩者都……」，通常用在肯定句；而 neither... nor... 則表示「A 與 B 兩者都不……」，通常用在否定句。這個句子要表示「你與她兩者都不知道……」，為否定句，因此連接詞應使用 neither... nor...，而不是用 both... and... 後面再接否定助動詞。

Answer 第 2 句才是正確的英文說法。

007 either... or...

Q Peter「或」John「其中一人是」Jimmy 的妹夫。

1. **Either** Peter **or** John **is** Jimmy's brother-in-law.

2. **Either** Peter **or** John **are** Jimmy's brother-in-law.

▽ 精闢解析，別再誤用！

片語連接詞 either... or... 表示「不是 A 就是 B……」，也就是「A 或 B 兩者其中之一……」，如果連接詞是用在主詞部分，則句子中的動詞跟著最靠近的主詞而變，如本句中最靠近動詞的主詞為 John，則動詞應為單數動詞。

Answer 第 1 句才是正確的英文說法。

008 until / when

Q 她一直哼那首搖籃曲「直到」寶寶睡著。

1. She kept humming the lullaby **until** the baby fell asleep.

2. She kept humming the lullaby **when** the baby fell asleep.

▽ 精闢解析，別再誤用！

when 及 until 都是用來引導表示時間之副詞子句的連接詞，when 表示「當……之時」，表示當 A 發生時，B 也同時發生，也就是連接前後兩個同時存在的事件或發生的動作。而 until 則表示「直到……」，表示持續 A 的狀態直到 B 的發生為止。

Answer 第 1 句才是正確的英文說法。

009 until / unless

Q 「除非」我收到邀請，否則我不會參加派對。

1. I won't go to the party **until** I get the invitation.

2. I won't go to the party **unless** I get the invitation.

▽ 精闢解析，別再誤用！

until 為引導表示時間之副詞子句的連接詞，until 用於表示「直到……之時」，也就是「A 的狀態會持續發生至 B 發生為止」之意。而 unless 是「除非……」之意，引導一個條件子句，也就是「A 要在 B 發生的情況下才會發生」的意思。

Answer 第 2 句才是正確的英文說法。

010 not only... but also (1)

Q 那男人「不僅」擁有一座牧場，「還有」一座魚塭。

1. The man **not only** possesses a pasture **but also** a fish farm.

2. The man possesses **not only** a pasture **but also** a fish farm.

▽ 精闢解析，別再誤用！

片語連接詞 not only... but also... 要連接兩個地位相同的詞類或句子。以本句來看，這個連接詞要連接的是兩個名詞 a pasture（牧場）及 a fish farm（魚塭），因此動詞 possess 必須出現在連接詞的前面，而不是後面。

Answer 第 2 句才是正確的英文說法。

011 not only... but also (2)

Q 「不僅」James 和 Lucy，「就連」我也是 Lady Gaga 的粉絲。

1. **Not only** James and Lucy **but also me** are fans of Lady Gaga.

2. **Not only** James and Lucy **but also I** are fans of Lady Gaga.

▽ 精闢解析，別再誤用！

片語連接詞 not only... but also... 在此句中，是連接兩個主詞（名詞），因此表示「我」的人稱代名詞必須用主格 I 而非受格 me。另外 not only... but also... 表示「不僅……而且……」，連接兩個主詞，表示主詞為複數名詞，故動詞必須為複數動詞。

Answer 第 2 句才是正確的英文說法。

012 when / while

Q 他只有「在」缺錢「的時候」才會去探望父母。

1. He only visits his parents **when** he is in need of money.

2. He only visits his parents **while** he is in need of money.

▽ 精闢解析，別再誤用！

while 和 when 都是引導時間副詞子句的連接詞，while 用來描述 A 發生於 B 狀態存在之期間，也就是 B 狀態存在時間較長，A 只是短暫發生的一件事，如 He took a shower while she makes dinner.（她做晚餐的時間較長，他沖澡的時間較短。）。而 when 則是連接前後兩個同時發生的事件或同時存在的狀態。

Answer 第 1 句才是正確的英文說法。

013 if / wheather

Q 「如果」你現在不讓我完成我的工作，我就得加班了。

1. I'll have to work overtime **whether** you don't let me finish my work now.

2. I'll have to work overtime **if** you don't let me finish my work now.

▽ 精闢解析，別再誤用！

whether 和 if 都可作「是否」解，如 I don't know whether／if he will come today.（我不知道他今天是否會來。）但 if 另有「如果……」之意，用來引導條件子句。觀察這個句子前後文意，明顯的 if 後面應該是一個條件句，也就是只有當 B 發生時，A 才會發生，所以這裡只能用 if。

Answer 第 2 句才是正確的英文說法。

014 since / from

Q 你們是「從什麼時候開始」交往的？

1. **Since** when have you been seeing each other?

2. **From** when have you been seeing each other?

▽ 精闢解析，別再誤用！

from 和 since 都是表示「從……時起」之意，但是 from 是用在一般句子中表示時間或位置起始點，如 from now on（從現在開始）或 from the beginning（從一開始）。而 since 則常使用在完成式的句子裡，後接時間點，表示動作或狀態從何時開始存在。

Answer 第 1 句才是正確的英文說法。

015 for / since

Q 他「從」今天早上「開始」就一直坐在那兒了。

1. He has been sitting over there **since** this morning.
2. He has been sitting over there **for** this morning.

▽ 精闢解析，別再誤用！

現在完成式的句型中，常出現兩種時間副詞：一是「for ＋ 一段時間」，表示「動作已經持續了一段時間」；二是「since ＋ 過去時間點」，表示「動作開始於過去某個時刻」。this morning（今天早上）為表示過去的一個時間點，因此連接詞必須用 since。

Answer 第 1 句才是正確的英文說法。

016 since / when

Q 「從」還是個小男孩「時起」，他就被稱作胖子了。

1. He has been called "Fatty" **when** he was a little boy.
2. He has been called "Fatty" **since** he was a little boy.

▽ 精闢解析，別再誤用！

現在完成式的句型，是用在描述一個「從過去持續到現在的動作或狀態」，因此經常用「for ＋ 一段時間」或是「since ＋ 過去時間」來表示動作或狀態持續了多久。when 用在表示「當……之時」，無法表示「從過去到現在」的時間狀態，因此不使用在完成式的句子裡。

Answer 第 2 句才是正確的英文說法。

017 since / as long as

Q 「既然」你不希望我在這兒，我離開就是了。

1. **As long as** you don't want me here, I'll leave.
2. **Since** you don't want me here. I'll leave.

▽ 精闢解析，別再誤用！

since 除了引導時間副詞，表示「自……以來」，以修飾某動作發生或狀態持續的時間之外，還有「既然、由於」之意，引導表示「原因」的子句。as long as 則是引導表示「條件」的子句。觀察本句文意，可知這裡要表達的是「理由」，因此用 since 而非 as long as。

Answer 第 2 句才是正確的英文說法。

018 even though / as though

Q 「即使」有人要她閉嘴，莎拉還是繼續說個不停。

1. Sarah kept talking **even though** she was told to shut up.
2. Sarah kept talking **as though** she was told to shut up.

▽ 精闢解析，別再誤用！

even though = even = even if，都是引導表示「即使……；雖然……」子句的連接詞。而長得很像的 as though，則與 as if 一樣，是引導表示「仿似……；好像……」子句的連接詞。除了表達的意思不同之外，as though 引導的子句通常與現在事實相反，動詞要用過去式，若為 be 動詞則用 were。

Answer 第 1 句才是正確的英文說法。

019 if / as if

Q 「假如」我是你，就不會借他錢。

1. I won't lend him the money **as if** I were you.
2. I won't lend him the money **if** I were you.

▽ 精闢解析，別再誤用！

as if 為用來引導表示「仿似……；好像……」子句的連接詞，其所引導的子句通常與現在事實相反，動詞要用過去式，若為 be 動詞則用 were。而 if 則為引導條件子句的連接詞，若為一般性的假設，動詞用簡單式即可；若為與現在事實相反的假設，則動詞用過去式，be 動詞則通用 were。

Amswer 第 2 句才是正確的英文說法。

洗腦測驗

好不容易學完一個單元，先別急著開始新的學習，試試自己熟練了沒？
重點不是學多少，而是記住多少！

選擇題（I）哪一個才是正確的？

001. He is a serious **but / and** competent manager.
他是個嚴肅卻能幹的經理人。

002. I regret meeting you **but / and** I hope I had't married you.
我後悔遇見你，而且我希望我沒有嫁給你。

003. She overslept herself, **because / so** she was late this morning.
她睡過頭，所以早上遲到了。

004. **Although / But** he was under the weather today, he insisted on going to work.
雖然他今天身體不適，他仍堅持要去上班。

005. He came over me, **and then / then** gave me a big hug.
他向我走了過來，然後給了我一個大大的擁抱。

006. **Both / Neither** he **and / nor** I used to be students of Professor Lee.
他和我都曾經是李教授的學生。

007. She hummed a tune **until / when** taking a shower.
她沖澡時哼着小調。

008. I'm not talking to him **until / unless** he apologizes to me.
直到他向我道歉之前，我不會跟他說話。

009. It's not safe to use your cellphone **when / while** driving.
開車時使用手機是不安全的。

010. I have no idea **if / whether** he has to work overtime today or not.
我不知道他今天是否必須加班。

011. She has been playing the piano **for / since** hours.
她已經彈琴好幾個小時了。

012. He used to be called "Fatty" **since / when** he was a little boy.
他小時候曾經被叫做「胖子」。

013. Let's start over **since / from** the very beginning.
我們從最開始的地方再重新開始。

014. I'll stay here **since / as long as** you want me to.
只要你希望，我就會留下來。

015. Sarah treats the little girl **even though / as though** she were her own daughter.
莎拉對待那個小女孩如自己的親生女兒一樣。

016. He always drinks alcohol **if / as if** there were no tomorrow.
他總是像是沒有明天般的喝酒。

選擇題（II）選出正確的句子。

001. 彼得和約翰都沒有獲邀參加艾美的婚禮。

☐ **Neither** Peter **nor** John was invited to Amy's wedding.
☐ **Both** Peter **and** John weren't invited to Amy's wedding.

002. 我也許身體有殘疾，但我並不是個廢人。

☐ I may be handicapped, **but** I am a good-for-nothing.
☐ I may be handicapped, **and** I am not a good-for-nothing.

003. 我不會道歉，因為我沒有做錯事。

☐ I won't apologize **because** I didn't do anything wrong.
☐ I won't apologize **so** I didn't do anything wrong.

004. 雖然他中了樂透，卻仍一如往常的努力工作。

☐ **Although** he won the lottery, he still works hard as usual.
☐ **Although** he won the lottery, **but** he still works hard as usual.

005. 在她道歉之前，我是不會跟她說話的。

☐ I won't speak to her **until** she apologizes.
☐ I won't speak to her **when** she apologizes.

006. 我的祕書不僅會說英文，還會說法文。

☐ My secretary **not only speaks** English but also French.
☐ My secretary **speaks not only** English but also French.

007. 我一到紐約就會打電話給你。

☐ I'll give you a call **as soon as** I arrive in New York.
☐ I'll give you a call **as long as** I arrive in New York.

008. 無論天氣好不好，典禮都會如期舉行。

☐ The ceremony will be held on schedule, **whether** the weather is good or not.
☐ The ceremony will be held on schedule, **if** the weather is good or not.

選擇題（I）解答&重點解析

001. Answer but
> 學習重點 嚴肅「卻」能幹，有語意上的轉折。

002. Answer and
> 學習重點 連接前後語意相似的句子 → and。

003. Answer so
> 學習重點 because 跟 so 不同時出現，she was late 表示結果。

004. Answer Although
> 學習重點 although 表雖然，but 表但是，兩者擇一使用。

005. Answer and then
> 學習重點 then 為「副詞」，故不可當連接詞使用。

006. Answer Both, and
> 學習重點 肯定句的連接詞應用 both ... and ...。

007. Answer when
> 學習重點 描述某件事發生時的「狀態」→ 用分詞構句。

008. Answer until
> 學習重點 表示「持續作某件事，直到……」。

009. Answer while
> 學習重點 描述 A（使用手機）發生於 B（開車）狀態存在之期間。

010. Answer whether
> 學習重點 whether 後接 or not。

011. Answer for
> 學習重點 表完成式，since 後加「過去的時間點」，for 後接「一段時間」。

012. Answer when
學習重點 「小時候曾經……」表示動作或狀態沒有持續到現在。

013. Answer from
學習重點 在一般句子中表示時間的起始點。

014. Answer as long as
學習重點 **since** 引導表示「原因」的子句；**as long as** 引導表示「條件」的子句。

015. Answer as though
學習重點 **as though** 表「似乎」，後接的子句常與事實相反。

016. Answer as if
學習重點 **as if** 連接表示「好像是……」的假設子句，子句常與現在事實相反。

選擇題篇（Ⅱ）解答＆重點解析

001. Answer 第1句
解析 **both... and...** 表示「A 與 B 兩者都……」，用在肯定句；**neither... nor...** 則表示「A 與 B 兩者都不……」，用在否定句。

002. Answer 第1句
解析 **but** 連接語意相反的詞類或句子。**and** 連接語意相似的詞類或句子。

003. Answer 第1句
解析 **because** 引導表示原因的子句。**so** 引導表示結果的子句。

004. Answer 第1句
解析 **although** 引導表示「雖然……」之子句，**but** 引導表示「但是……」之子句。兩個連接詞不會同時出現在一個句子中。

005. Answer 第1句

　　解析 when 表示「當……之時」，即當 A 發生時，B 也同時發生。而 until 則表示「直到……」，即 A 的狀態會持續到 B 發生為止。

---

006. Answer 第2句

　　解析 not only... but also... 要連接兩個地位相同的詞類或句子，連接兩個名詞時，動詞必須出現在 not only 的前面。

---

007. Answer 第1句

　　解析 as soon as 引導表示時間的副詞子句，指「一……，立刻……」，as long as 引導表示條件的副詞子句，指「只要……，就……」。

---

008. Answer 第1句

　　解析 whether 和 if 都可作「是否」解，引導名詞子句。而 whether 常與 or not 連用，引導副詞子句，表示「不管……或是……」。

語研力 E098

一次破解英文陷阱 易混淆英語 ：
從單字到文法，不誤用、不失分，打造精準英語力！

作　　者	Tong Weng◎著
顧　　問	曾文旭
出版總監	陳逸祺、耿文國
主　　編	陳蕙芳
封面設計	李依靜
內文排版	李依靜
法律顧問	北辰著作權事務所

印　　製	世和印製企業有限公司
初　　版	2024年08月
	（本書為《英語自學策略！破解易混淆英語用法500組》修訂版）
出　　版	凱信企業集團－凱信企業管理顧問有限公司
電　　話	（02）2773-6566
傳　　真	（02）2778-1033
地　　址	106 台北市大安區忠孝東路四段218之4號12樓
信　　箱	kaihsinbooks@gmail.com

定　　價	新台幣349元／港幣116元
產品內容	1書

總 經 銷	采舍國際有限公司
地　　址	235 新北市中和區中山路二段366巷10號3樓
電　　話	（02）8245-8786
傳　　真	（02）8245-8718

本書如有缺頁、破損或倒裝，
請寄回開企更換。
106 台北市大安區忠孝東路四段218之4號12樓
編輯部收

【版權所有　翻印必究】

國家圖書館出版品預行編目資料

一次破解英文陷阱 易混淆英語 ：從單字到文法，
不誤用、不失分，打造精準英語力！／Tong Weng
著. – 初版. – 臺北市：凱信企業集團凱信企業管理
顧問有限公司, 2024.08
　面；　公分
ISBN 978-626-7354-54-4(平裝)

1.CST: 英語 2.CST: 語法

805.16　　　　　　　　　　　　　113009068

凱信企管

用對的方法充實自己，
讓人生變得更美好！

凱信企管

用對的方法充實自己，
讓人生變得更美好！